文治
© wénzhì books

[日] 今村夏子 著

吕灵芝 译

无人知晓的真由子

四川文艺出版社

　　我有个邻居，人称"穿着紫色裙子的女人"。因为她总是穿着一条紫色裙子，所以人们都这样称呼她。

　　一开始，我还以为穿着紫色裙子的女人是个年轻女子，可能是因为她体格较小，又有一头黑发吧，远远看过去，甚至有点像初中生。不过靠近了仔细看，就会发现她一点都不年轻，脸颊上浮现出一道道皱纹，及肩的长发也缺乏光泽，显得很毛糙。穿着紫色裙子的女人差不多每周都要到商店街的面包店里买一次奶油面包，我每次都会假装挑选面包，偷偷观察她的容貌。越是观察，我越觉得她有点眼熟。到底像谁呢？

　　我家附近的公园里还有一张被命名为"穿着紫色裙子的女人专座"的长椅，指的是南侧三张长椅中最靠近公园深处的那张。

　　一天，穿着紫色裙子的女人到面包店里买了一个奶油面包，然后穿过商店街走进公园。当时刚过下午三点，公园里的青冈栎为"穿着紫色裙子的女人专座"投下了一片树荫。她在长椅正中落座，撕开刚买的奶油面包吃了起来。她左手接在下面，防止奶油滑落，一口一口地吃着。中间停顿下来，打量了一会儿面包上装饰的杏仁片，然后再吃到嘴里，还花时间慢慢咀嚼最后一口，似乎有点依依不舍。

　　看着她的模样，我心想，穿着紫色裙子的女人有点像我姐姐。当然，我知道她并不是，因为两人的长相完全不一样。

　　姐姐也跟穿着紫色裙子的女人一样，会花时间细细品味食物的最后一口。姐姐性格温和，跟妹妹吵架总吵不赢，唯独在吃这方面比任何人都执着。姐姐最喜欢吃布丁，每次都会用小勺舀出塑料杯底部的焦糖，并不厌其烦地看上一二十分钟。一天，我说你不吃就给我吧，并从旁边伸头过去一口吃掉了小勺里的焦糖，结果姐姐跟我大吵一架，险些把房子掀翻。当时姐姐挠伤了我的左手臂，那里到现在还留着疤。姐姐右手拇指应该也留着我咬的牙印吧。因为父母离婚，我们一家离散已经二十年了。不知姐姐现在过得如何？她以前最喜欢的是布丁，现在可能已经不是了。

　　我觉得穿着紫色裙子的女人像姐姐，那是否

意味着她也像我这个妹妹呢？其实我们并非全无共通之处。如果她是穿着紫色裙子的女人，那我应该就是穿着黄色开衫的女人。

遗憾的是，穿着黄色开衫的女人跟穿着紫色裙子的女人不一样，并不怎么出名。

就算穿着黄色开衫的女人走在商店街上，也不会引起别人注意。若是换成穿着紫色裙子的女人，那就不一样了。

光是穿着紫色裙子的女人的身影出现在商店街拱门之外，人们就会做出四种显而易见的反应：一、假装没看见；二、飞速让开道路；三、因为可能有好事发生而额手称庆；四、也有人长吁短叹（因为这一带流行一个迷信的说法：一天看到她两次就能走运，看到三次则会遭遇不幸）。

穿着紫色裙子的女人的厉害之处在于，不论周围的人如何反应，她的步子都绝不会出现一丝凌乱。她总是飘飘然匀速穿过人群，而且不可思议的是，就算在周末拥挤的时段，她也绝不会碰到人或东西。那应该多亏了她极其优秀的运动神经，要么就是她额头上长了第三只眼睛。搞不好她只是用刘海遮住了第三只眼，实际一直在用那只眼睛三百六十度巡视。不管怎么说，那都是穿着黄色开衫的女人怎么都模仿不来的本事。

由于她的躲闪能力过于完美，甚至有人会故意撞她，这我也能理解。其实，我也是那些怪人中的一员。大家都失败了，我也失败了。那是今年开春的时候，我假装正常走路，隔着几米的距离突然加速，朝她冲了过去。

现在回想起来，我觉得自己做了件蠢事。她轻轻一转躲过了我，而我刹车不及，一头撞上了肉店的货柜。虽然没有受伤，但是赔了肉店很多钱。

后来过了半年多，我才把钱赔完。走到这一步真的很不容易。我甚至四处搜罗能卖出去的东西，每月一次潜入小学的跳蚤市场摆摊赚钱。一开始，我每次都会扪心自问：我这是在干什么呢？我再也不干蠢事了。再说，没有一个刻意去撞她的人成功过。如果她脑门上没有第三只眼，那只能是运动神经发达了。尽管我觉得她和"运动"这两个字搭不上边儿，不过真要带着那种想法去观察，就会发现她穿过人群时轻盈的动作很像冰上自由穿梭的花样滑冰运动员。这么一说，我又感觉她的气质确实有点像前年冬奥会上得了铜牌的女孩子。就是那个穿蓝衣服、说起话来像大妈的人。她退役后走上了演艺道路，去年还被一个儿童节目选中做了主持人。最近，那个女孩子在"喜欢小孩的艺人排行榜"上位列第一名。跟她相比，穿着紫色裙子的女人应该年长不少，但知名度不相上下（仅限这一带）。

没错，穿着紫色裙子的女人不仅在大人间出名，连小孩都对她有所耳闻。我真希望电视台到商店街来采访的时候，不要总拉着家庭主妇问"您家今晚吃什么""最近蔬菜涨价了呢"，最好也找些老人和小孩这样问：

"你知道穿着紫色裙子的女人吗？"

我猜，基本上所有人都会回答："知道！"

最近小孩子们中间流行一个游戏。先猜拳，

输的人要碰一下穿着紫色裙子的女人。游戏玩法
很简单，但是孩子们玩起来格外兴奋。玩耍的地
方在公园，猜拳输了的孩子会悄悄靠近专座上的
她，"砰"地拍一下她的肩膀。仅此而已。拍完
肩膀后，孩子们立刻大笑着一哄而散，如此重复
无数次。

这个游戏原本不是拍肩膀，而是对她说话。
猜拳输了的人要走到穿着紫色裙子的女人身边，
对她说"你好""好呀"。这样已经足够刺激了。
孩子们对她说完话，就会大笑着一哄而散。

那个玩法最近才有了改变，理由是"玩腻
了"。因为说话的人每次都说"好吗""天气真
好"，没有什么新意。就算绞尽脑汁，也顶多挤
出一句"How are you?"没什么意思。而穿着

紫色裙子的女人在这个游戏刚开始流行时，只会低着头一动不动，后来也开始打哈欠、玩指甲，故意做出百无聊赖的反应。旁人看着她一言不发地挑着毛衣上起的球，便会觉得孩子们的挑衅单一而无趣。

为了打破陈腐的套路，孩子们凑在一起想出了新玩法。现在虽然逐渐套路化，但尚未有人感到厌倦，猜拳的喊声依旧格外有力。猜赢的孩子欢呼雀跃，输的孩子发出哀号。孩子们猜拳时，穿着紫色裙子的女人就一动不动地坐在专座上，双手置于膝盖，低头不语，想来是还没习惯那个新玩法。每次被"砰"地拍一下肩膀，她都是怎样的心情呢？

我本来觉得穿着紫色裙子的女人跟姐姐很像，但是现在却改变了想法。她也不像那个退役的花样滑冰运动员。她很像我小学同学小梅。小梅是个把长发编成麻花辫，用红色发圈扎起来的小女孩。小梅的父亲是中国人，快到小学毕业典礼的一天，小梅举家回了上海。穿着紫色裙子的女人一动不动地坐在长椅上的样子跟小梅旁观游泳课时的样子很像。她并不看我们游泳，而是一直弓着背玩指甲。莫非，她就是小梅？小梅回中国后，我们就失去了联系，莫非她又到日本来了？专门来找我的？

那不可能。我跟小梅虽然是朋友，但关系并没有亲密到那个地步。我也只跟她一起玩过一两次而已。只不过，小梅人很好，她夸奖了我画的小狗。"尾巴真像。"听到那句话,我身为一个小孩子却惶恐不已。因为小梅的画比我厉害多了,她还说将来想成为画家。然后,她真的成了画家。黄春梅,在日本长大的中国画家,三年前的夏天到日本来开了个人画展。我在报纸上看到了那则消息。她已经不是那个扎着麻花辫的小女孩了,不过站在自己的绘画作品前微笑的人,的确就是小梅。没错,她从小就有纹路清晰的双眼皮,鼻子底下的浅沟里长着一颗痣。

穿着紫色裙子的女人是单眼皮,虽然长了皱纹,但是没有痣。

如果只看眼睑的形状,穿着紫色裙子的女人倒是跟我初中同学有岛有那么几分相似。两人的性格可能截然不同,不过提到单眼皮,那就是有岛同学了。有岛同学很吓人。她染金发、偷东西、恐吓、暴力，无所不为。而且，她身上总带着一把日本刀形状的匕首。可以说，她是我结识的人里面最危险的一个。父母、老师和警察都拿她没办法。可她有一回分了口香糖给我吃，真是奇怪。那是梅子味的口香糖。她从后面杵了杵我的背，递过来一块问我要不要，于是我收下了。那是我第一次从正面看有岛同学的眼睛。她眉尾下垂，单眼皮，我甚至一时间没有认出她来。

当时我应该对她说句"谢谢"的，可我没说。我觉得口香糖可能有毒，就在放学路上把它扔进了酒铺门前的垃圾桶。

口香糖根本没毒，我应该吃掉的。而且第二天我应该送她一颗糖才对。现在后悔已经晚了。

有岛同学初中毕业后就跟黑社会勾搭上了，听说还暗中参与拉皮条和贩毒，而且她自己也陷在了里面。现在她一定在蹲监狱吧，说不定被判了死刑。那也就是说，穿着紫色裙子的女人不是有岛同学。

对了，一个综艺节目的评论嘉宾跟穿着紫色裙子的女人很像。那人的本行是画妖怪搞笑漫画，最近还出了绘本，之前上节目还透露她的绘本比漫画受欢迎。我记得她丈夫也是漫画家，叫什么来着？

不对，我想起来了，这下明白了。穿着紫色裙子的女人其实像我以前住的那个町的超市收银员。有段时间我特别痛苦，接过找零的时候有点摇摇晃晃，那人突然开口问了一句："你没事吧？"

第二天我再去，她又对我说："谢谢惠顾。"因为这个，后来我就再也不去那个超市买东西了。

不久前我到邻町的图书馆去，顺便从外面偷看了一眼以前常去的那家超市。那个人依旧站在收银台后面。她制服上的胸针多了一个，看起来特别有精神。

换言之，我想说的是，我想跟穿着紫色裙子的女人交朋友，已经想了很长时间。

顺带一提，我早就查清了她的住处，就在离公园不远的老旧出租楼里。当然，离商店街也很近。那座楼的部分屋顶盖着塑料布，外侧楼梯的扶手都锈成了褐色。她从来不碰扶手，每次都像爬行一样往楼梯上走。她住在最里面的房间，201

号房。

穿着紫色裙子的女人每次都是从这个房间里出来去上班。商店街的人可能认为她没有工作吧，其实我之前也觉得像她那种人肯定没工作。但实际并非如此。她有工作，否则她如何买面包，如何付房租？

只不过，她并非一年到头都在工作。穿着紫色裙子的女人有时工作有时不工作，工作地点也经常改变。时而在螺丝工厂，时而在牙刷工厂，时而在眼药水瓶工厂。每份工作应该都是日工或短期工。有时候她很长时间不工作，一工作又连续好几个月。回顾此前做的笔记，她去年九月有工作，十月没工作，十一月只工作了上半个月，十二月也是工作了上半个月。过完新年，一月十日就开始工作。二月有工作，三月有工作，四月没工作，五月除了黄金周一直在工作，六月有工作，七月也有工作，八月只工作了下半个月，九月没工作，十月时有时无，然后又到了十一月也就是现在，她应该没有工作。

穿着紫色裙子的女人有工作时，必定是早上到傍晚的全勤工作。每次工作回来，她都明显一脸疲惫，而且哪儿都不去，径直回家。就算偶尔休息，也绝不出门。

现在，无论早晚都能在公园里和商店街上见到她。我也不是时刻都在观察她，但是据我观察，她很有精神。很有精神意味着她没有在工作。

我想跟她做朋友，可是该怎么做呢？

只是思考这个问题，时间就飞快地流逝了。

突然走上去打招呼太奇怪了，而且她恐怕从未听过别人对她说："要不要做个朋友？"我也没有。基本上所有人都没有吧。那样的结识方式太不自然了，毕竟我不是要搭讪。

那该怎么办？我想先做个自我介绍，而且要用非常自然的方式。如果是一所学校的同学，或是一个公司的同事，那倒是有可能。

我来到那个公园，走向南侧三张长椅中最靠门口的那张，坐了下来。我用昨天的报纸挡着脸，报纸是我刚才从垃圾桶里捡来的。我旁边再旁边的长椅就是穿着紫色裙子的女人的专座，上面放着一本从便利店拿来的免费招聘信息杂志。她大约十分钟前在商店街的面包店里买了面包，根据她此前的行动来推测，每次买完面包，她都会到这里来。在我看完了报纸上的人生咨询栏目（三十多岁，男性，结婚第二年，正在烦恼是否要与没有性生活的妻子离婚……）时，果然听到了貌似她的脚步声。

她来得有点早啊。我心里想着，从报纸后面悄悄探出头，发现那是一个穿西装的男人，不是穿着紫色裙子的女人。再仔细一听，脚步声一点都不相似。男的可能很累，拖着脚步从我面前经过，在最里面的长椅上坐了下来。

那是出来跑业务的白领吗？看他手上提着黑色公文包，可能是到商店街的店铺转了一圈，没有任何成果，便决定到公园里来休息休息吧。公园里共有五张长椅（南侧三张，北侧两张），看对长椅的选择，就能知道一个人是不是第一次踏足这里。虽然你很累，但我还是要请你离开，对不住了。

我走上去说明情况，男的脸上闪过凶狠的表情，抬头瞪了我一眼。可是专座就是专座，规矩就是规矩，他必须遵守。

我反复解释了好几次，他好像总算明白了，虽然嘴上骂骂咧咧，但还是离开了那座位。就在那时，公园门口出现一个人影。这回总算是来了。我慌忙跑回自己的长椅上，重新拿起报纸。

穿着紫色裙子的女人手上只提着面包店的塑料袋，在刚刚空出来的专座上落座，从口袋里拿出了刚买的面包。照旧是奶油面包。电视台的采访也经常提到那种面包。手持话筒的记者会叫住提着面包店塑料袋的人问"您买了什么"，最有人气的是天然酵母吐司面包和奶油面包。要是他们来问我，我可能也会回答奶油面包吧。那里的奶油面包夹了结块较硬的卡仕达奶油，用的是比较薄的面包底，上面撒满了散发着焦香的杏仁薄片。咬一口薄片，嘴里会传来啪啦啦的脆响。

啪啦啦，啪啦啦……穿着紫色裙子的女人的紫裙上落下了杏仁片的碎屑。她已经用左手接着了，碎片还是会顺着指缝哗啦啦地漏下去。穿着紫色裙子的女人没有发现。她吃面包的时候，总是会凝视着虚空一点。这证明她精神很集中，在吃完面包之前对什么都视而不见，听而不闻，专心致志地咀嚼，发出啪啦啦的声音。真好吃，真好吃。

吃完面包，她把包装袋揉成一团，总算发现了放在长椅一角的招聘信息杂志。穿着紫色裙子的女人缓缓拿起杂志开始翻阅，翻到最后一页又重新翻开，放慢了速度仔细阅读。这一期的特辑是"团队合作超棒的职场"。那部分占了很大篇幅，但是可以跳过。特辑之后是饮食店和服装店的招聘，她也跳过了。蓝、红、黄、绿，页面角落按照职种区分了颜色。最后面的"夜勤"是粉红色。不知为何，她研读粉红色页面的时间很长。别看那里，看前面的绿色页面呀。就在"快递分拣员"右边，我用荧光笔圈起了那个小框，一眼就能看出来。

也不知她究竟看懂没有，只见穿着紫色裙子的女人合上招聘信息杂志，卷起来走向了垃圾

桶。难道她要扔掉吗？结果她换了只手拿杂志，

把面包袋扔掉，离开了公园。

穿着紫色裙子的女人离开后又过了一会儿，

刚下课的孩子们来了。

咦，怎么不在啊？孩子们咕哝着四下张望，

然后百无聊赖地站了一会儿。而穿着黄色开衫的

女人似乎派不上什么用场，于是没过多久，他们

无精打采地开始猜拳，兀自玩起了高飞鬼[1]。

第二天，穿着紫色裙子的女人去面试了肥皂

工厂。

按照以往的规律，要是她通过了面试，就要

1　基本规则与鬼追人相同，但多了一条规矩：人只要待在比鬼高的地

　　方，鬼就不能捉，但是在同一个地方待的时间有限，到时间后必须

　　下到低处换地方躲。（译者注）

开始从工厂到家里两点一线的生活。如果没面试上，她就会一直在附近无所事事地转悠好久。

一周过去了，两周过去了，穿着紫色裙子的女人依旧每天在附近转悠。她没面试上。

几天后，穿着紫色裙子的女人又去面试了。这回是肉包工厂。她真的一点都不懂。食品工作的面试肯定要看指甲和头发的，一个头发好像枯草一样，指甲黑漆漆的女人不可能通过，一定会落选。她果然落选了。

去肉包工厂那天，她还面试了另外一家。那是只招夜勤的库存计算工作。我不由得疑惑，她为什么要去那里应聘？夜勤工作多为男性从事，她怎么就不明白呢。我猜测，她应该讨厌男人。这并不是说她喜欢女人。在一群男人中工作，一定会很辛苦吧，结果我还没来得及担心，她就落选了。

如此折腾来折腾去，穿着紫色裙子的女人不工作的时间竟刷新了纪录，整整两个月。当然，这只是我开始记录以来的新纪录。这会儿她应该把存款都花完了吧，也不知房租和水电费还能不能交上。房东会不会把催款单塞到她手上，甚至威胁要告她，原本不需要担保人的房子也是否要逼她找个担保人，让她吃各种苦头呢？要是她被逼到那份儿上，就真的晚了。接下来就只能自暴自弃。就像我一样，最近已经彻底放弃筹集房租了。

这一切都是因为我一头撞上了肉店的货柜。

等我好不容易筹到了修货柜的钱，这回却又交不上每月的房租了。尽管我一直在跳蚤市场上赚点小钱，然而这份收入可谓杯水车薪。按照我的经济情况，同时支付房租和修理费本来就不可能。

尽管我完全放弃了支付房租，每天却坚持摸索着逃避催款的方法。我正在考虑将家里的贵重物品转移到车站的寄物柜去，以提防房东或法院的人突然闯进来。另外，我也相中了几个可供紧急避难的胶囊旅馆和漫画咖啡厅，还在县内外找到了十家可用于潜伏的廉价旅社。要是有什么万一，我还可以介绍给穿着紫色裙子的女人，不过现在应该还不需要。

她家门口并没有被贴过威胁性大字报的痕迹，也不见貌似房东的人在门前蹲守。晚上屋里有电灯照明，煤气表也在转，看来她在支付房租和水电费方面并没有什么问题。

可是，她的电话好像停机了。从某一天起，穿着紫色裙子的女人开始跑到便利店门口的公共电话亭联系面试。

穿着紫色裙子的女人每次都只是去打电话，并不进店。每次发行新的招聘信息杂志，我就会走到杂志区拿走，负责帮她放在公园的专座上。

只要不是合刊，招聘信息杂志每周发行一次。若封面换新了，内容是否也会换新？其实不然。长期缺人手的地方会一年到头打广告。虽然我没有跟她去每一场面试，不过她同时应聘了几家公司，全都落选了。她选择的工作都是电话接线员或者商业设施的楼层导购之类的，但这些工作全都不适合她，会落选也难怪。最后，也不知她得了什么失心疯，竟然跑去应聘咖啡店服务员。一个平时在公园对着水龙头喝水的人，还想跑去咖啡店工作？她一定是落选的次数太多，最终迷失了自我。理所当然，她在电话里就被拒绝了。

结果花了整整三个月，穿着紫色裙子的女人才打通了愿意聘用她的公司的电话。在此期间，我总共去便利店拿了十次招聘信息杂志。

这次花了这么长时间，可能是因为我的做法有问题。如果不只是在广告上画圈，再把页角折起来，或是干脆贴张便笺，恐怕就不会浪费如此多的时间。尽管有好几处值得反省的地方，但穿着紫色裙子的女人总算是做出了决定。昨天傍晚，她攥着从杂志上撕下来的招聘广告，走向了便利店门口的公共电话亭。

穿着紫色裙子的女人紧紧握着听筒，一脸紧

张地点了好几下头。是，没有。是，第一次。

她在手背上写了一些小抄，全是"8"和"3"这样的数字。八日三点？是面试时间吗？放下听筒后，穿着紫色裙子的女人的侧脸依旧紧绷着。毕竟她连续失败了这么多次，也难怪表情会变成这样。从结论来说，这次面试没有问题。我可以保证她绝对能通过。因为那个地方一年到头都缺人，基本上来者不拒。

然而为了保险起见，她去之前先洗个头比较好。再把指甲剪一下，涂个口红就更好了。单是这样，第一印象就会完全不同。穿着紫色裙子的女人的头发一直都又蓬又毛糙，难道她是用肥皂洗头的吗？过去我在洗发水工厂打工时搞到的试用装还剩很多，希望能给她用。

正午过后，我往透明塑料袋里塞满了试用装，来到商店街中央站定。电视台来采访的时候，基本上也在这里。一条左右延伸的道路与东西走向的商店街在此处交界，道路两旁是大型超市和弹珠店，因此人群最密集。偶尔会有人过来派发传单，但是极少有试用装，所以，路过的购物者都很高兴地接过了我给他们的试用装。还有的人走过一次后回头再走一次。虽说派发试用装的行动不无意义，可是照这样下去，就没有穿着紫色裙子的女人的份了。于是，见到那些明显来了第二遍、第三遍的人，我说什么都不派发给他们。

就在小袋洗发水还剩五个的时候，穿着紫色裙子的女人在商店街现身了。

她看到我正在派发试用装，好奇地瞥了好几

眼塑料袋里的东西。可是，她并不走过来，而是准备径直路过。

就在我准备追上去塞给她的那一刻，突然被人抓住了左手臂。

"你是哪里的？得到协会批准没？"

抓住我的人是辰见酒铺老板。

辰见酒铺是商店街最老的店铺，那里的老板也是商店街振兴协会的会长。他平时和蔼可亲，此刻却一脸严肃地对我逼问。

"你刚才发的啥？让我看看。"

我甩开了老板的手。

"喂，站住！你给我站住！"

我很不擅长跑步，但是此时拼尽了全力。我飞快地超过了穿着紫色裙子的女人，穿过商店街跑到大路上，还是感觉辰见酒铺的老板在后面追，只能一边不断回头，一边继续狂奔。也不知第几次回头，才总算发现酒铺老板已经不在后面了。

最后，我只好等到晚上，把装着试用装的塑料袋挂在了穿着紫色裙子的女人住的 201 号房门把手上。可能一开始我就该这么做。我竖起耳朵偷听，里面传来喊喊喳喳的声音，好像在刷牙。刷牙，这个行动很不错。希望她顺便把头也洗了。

加油啊，穿着紫色裙子的女人。希望你能通过面试。

四天后，我知道了穿着紫色裙子的女人的面试结果。不知是我的祈祷应验了，还是清新花香的洗发水奏效了，抑或那个地方真的很缺人。总之，各种因素相互作用，让穿着紫色裙子的女人通过了面试。回首来路，真是漫长。现在总算站到了起点上。

第一天上班，她走得比平时稍早，七点半就离开了家。我在巴士站等着她。我们在商店街入口附近的巴士站上了车，到她工作地点附近的站下了车。在巴士上晃晃悠悠地坐了有四十分钟。八点半，她敲响了办公室大门。

一走进办公室，所长就给她发了一套制服和一把储物柜钥匙。她按照吩咐，走进办公室旁边的储物间换衣服去了。

制服是一条黑色连衣裙，质地结实透气，不容易弄脏（而且黑色脏了也不显眼）。因为是涤纶面料，洗完了干得很快，但有一个缺点，那就是容易起静电。

她用昨天在商店街买的黑鞋子搭配了制服，可同样在商店街百元店买的丝袜一穿就破了，她干脆脱掉丝袜，光脚穿上了鞋子。最后，她套上了白色围裙。但围裙穿错了，她没把肩带在背后交叉一下。

换好衣服，穿着紫色裙子的女人再次敲了敲办公室的门。办公室里除了所长还有几个员工。

所长坐在办公桌前盯着电脑。他见她进来，便移开目光，看了一眼她的脸，又看了一眼她的脚。

他可能没发现她没穿丝袜，反正什么都没说，只提醒她围裙穿错了。

"塚田，塚田。"

他朝站在白板前的塚田主任招了招手，指着

穿着紫色裙子的女人说："帮她调一调。"

"来啦来啦。"塚田主任放下手上的铭牌，朝她走了过去。

"今天刚来？"

塚田主任说着，双手搭在了穿着紫色裙子的女人的肩膀上。这是我头一次目睹除小孩子以外的人触碰她。

"是。"穿着紫色裙子的女人用特别小的声音回答。

塚田主任把穿着紫色裙子的女人转了半圈，解开围裙的蝴蝶结，又解开腰部两侧的纽扣，用可谓粗暴的动作将围裙带在背上交叉了一下，用力系紧。

"你好瘦啊！吃早饭没？"

穿着紫色裙子的女人再次用很小的声音回答："吃了。"真的吗？她吃什么了？

"你吃啥了？"

塚田主任问。

"玉米片。"穿着紫色裙子的女人回答。

"玉米片？吃那玩意儿使不出力气的。早上就该吃米饭，米饭！对吧？"

塚田主任拍了拍她的肩，穿着紫色裙子的女人还是很小声地回答："是。"与此同时，还"呵呵"笑了两声。

我以为自己听错了，可那的确是她的声音。没想到竟有如此意外的事，穿着紫色裙子的女人还会赔笑。

九点，早会开始了。今天是本月第一个周一，所以酒店经理也来参会了。结束早上的问候，经理留下一句"本月跟上月一样，要坚持贯彻储备物品的管理"，然后离开了。

这位经理的原则是"不对外包的工作说三道四"，所以他每个月只来开一次会，也从来不记员工的姓名，就连储备物品的管理太宽松也是他最近才提出的问题，在此之前，他连管理表格都没看过一次。明明不怎么来，却每次都要摆出一副特别大的架子，所以这里的工作人员都不太喜欢他。

经理来去匆匆，接下来换所长，念出了今天的客房入住率和本月的口号。由于员工太多，办公室里站不下，会议就在办公室和酒店相连的走廊上举行。

遗憾的是，从我的位置看不到她。与其说是因为员工太多，不如说是因为所长矮胖的体形像一堵墙般挡住了我。穿着紫色裙子的女人完全被所长的身体遮挡住了。

接下来，所长又总结了昨天发生的工作失误。

"215房镜子没擦，308房没倒热水，502房没把厕纸折成三角形。已经说过很多次了，离开客房前一定要按照规定的动线进行手点确认。仅仅是这么简单的动作就能防止几乎所有的错误。"

大家都一脸认真地听所长说话，或是假装听他说话。

"最后，今天给大家介绍一位新同事。"

所长转头看向身后。

"来，自我介绍一下吧。"

我总算能看到她的半边脸了。不知被谁提醒过，穿着紫色裙子的女人在我没注意的时候把披肩的头发梳到脑后扎成了一束，露出她的鹅蛋脸，顿时清爽了不少。

"快自我介绍吧。"

所长催促她向前迈出一步。穿着紫色裙子的女人照做了，可是接下来，她就再也没有反应了。

"你做个自我介绍呀。"

所长露出为难的表情，对她小声说道。

"报个名字就好，你有名字对不对？"

底下的员工闻言都窃笑起来。

"……我叫日野……"

穿着紫色裙子的女人好不容易挤出了自己的姓氏。

"叫什么名字？"所长说。

"……真由子……"

——她说啥了？

——没听见。

员工们故意大声议论道。

——你听见没？

——没，你呢？

——我一点都听不见。

"不好意思，大家都没听见，麻烦你再说一遍吧。"

其实能听见，她清楚地说了她姓日野，叫真由子。还说自己别名是"穿着紫色裙子的女人"。这些话全都被穿着黄色开衫的女人听得清清楚楚。

"不好意思，再说一遍呗。"

"她叫日野真由子！"

所长替她大声说道。

"请各位多多关照！"

我经常觉得所长的工作很辛苦，因为他既要管理员工，还要跟酒店交涉，每天写日报，定期写报告；人手不足时还要下现场；要制作排班表，做好了还要听员工抱怨；时刻被夹在总公司和酒店中间；据说还是个妻管严，回到家在老婆面前也是言听计从。

他日益肥硕的身体可能是受压力过大的影响。这段时间，总公司反复对他提出的要求是"别再让员工离职了"。

穿着紫色裙子的女人刚在早会上做完自我介

绍，所长就给她安排了任务："午休时间给你做发声练习，你到办公室来一趟。"她有点不安地点了点头，不过在我们这里，第一天被要求做发声练习其实并不稀奇。每次发声练习的场地都是户外的垃圾站。

收垃圾的人还没来，整个垃圾站只有所长和她两个人。

"你站在那里，大声说话看看。"

所长让穿着紫色裙子的女人站在可回收垃圾桶旁边，自己则站在普通垃圾桶旁。两人面对面，开始了发出声音的练习。

一开始，她的声音完全听不清。

"A、E、I、U、E、O、A、O，早上好！"

只有所长的声音在垃圾站里回荡。

"TA、TE、CHI、TSU、TE、TO、TA、TO，谢谢你！"

大家都知道所长上学时加入过话剧社团，据说他还曾经真的成了演员。可能因为原动力是想跟女演员约会，所以不到两年就放弃了。尽管如此，所长不愧是有经验的人，发声方式感觉与常人不同。应该说，是从腹部发声吗？

"NA、NE、NI、NU、NE、NO、NA、NO，辛苦了！"

可能是被所长调动起了情绪，站在对面的穿着紫色裙子的女人也慢慢提高了音量。

"谢谢你！"

"谢谢你。"

"您走好！"

"您走好。"

"很好，就这样。您走好！"

"您走好！"

"辛苦了！"

"辛苦了！"

"对！"

所长试图让穿着紫色裙子的女人掌握在客房和走廊上遇到房客时使用的问候语，以及对同事用的问候语。这两种都是成年人理应掌握的东西，但是很多人都做不到，所以这份工作才会常年人手不足。因为老员工会欺负不懂得问候的新员工，害他们辞职不干。要问是谁不好，当然是欺负人的不好，然而一把年纪了连"早上好"都说不出来的人也不能说毫无问题。当然，这话完全轮不到我来说。

"很好，下次再加大音量。谢谢你！"

"谢谢你！"

"再来！谢谢你！"

"谢谢你。"

"要让吸烟处的人都能听到！谢谢你！"

"谢谢你！"

"喂，那边那个人。你是谁来着，我看不清长相，但是穿着我们的制服那个，对，对，就是你！要是听见了就挥挥手！谢谢你！"

"谢谢你！"

我挥了挥手。

"看来那边听见了。好，合格！"

多亏了所长的特训，从那天下午开始，老员工看穿着紫色裙子的女人的目光就有所变化了。可能是因为早上的自我介绍让人印象太糟糕了，仅仅是她在电梯里碰到同事，低头说了声"辛苦了"，大家都会露出诧异的表情。

——原来她能正常说话呀。

——好像还很能干哦。

见到这些反应，我也松了口气。这样一来，我就无须担心她因为不懂得问候而遭到欺负了。不仅是老员工，塚田主任和浜本主任手下也有人坚持新人不懂问候就不配得到员工教育。我不知见过多少新人连一个工具的名字都问不出来，就这么辞职了。

穿着紫色裙子的女人学会问候之后，当天下

午就有老员工教她干活儿了。

塚田主任在后院教了穿着紫色裙子的女人工具的使用方法，还发给她一张印着工作顺序的复印件。主任让她在上面填写工具名称，不巧的是，穿着紫色裙子的女人没有带笔。

"你忘了带？"塚田主任说，"圆珠笔至少要准备一支啊。"

"对不起。"

穿着紫色裙子的女人低头道歉。

"笔记本呢？带了吗？"

穿着紫色裙子的女人摇摇头，于是塚田主任从公文包里拿出一个新的笔记本。

"送给你了。"

"我真的能收下吗？"

"收下吧，我这儿还多着呢。五本一包，才二百九十日元。"

"谢谢您！"

穿着紫色裙子的女人立刻展示了特训的成果。

塚田主任递给她一支圆珠笔，同时说："这份工作就是不断重复同样的事情。"她又说，"只要按照规定行动，身体就会自己记住。没什么很难的事情。"

"是。"

穿着紫色裙子的女人翻开刚得到的笔记本，在上面写下"就是不断重复同样的事情"。

"哎呀，这种事就不用记下来啦。"

塚田主任瞥了一眼，"砰"地拍了一下她的肩膀，哈哈大笑起来。

穿着紫色裙子的女人被安排到了号称"训练楼层"的工作岗位。这层的专属指导员是塚田主任，另有临时帮忙的主任，保持着三人一组，管理着大约十名入职不满一年的员工。在塚田主任给员工盖上培训结束的印章前，员工们要在这里接受严格的清扫训练。

所长也到"训练楼层"露了个脸，查看新人的工作情况。当时穿着紫色裙子的女人正好被另一个主任带去补充清洗剂了，没有在楼层里。

塚田主任对所长汇报："她应该没问题。"

"能说话吗？"所长问。

"嗯，应答都很正常。"

"是吗？太好了。"所长满意地点点头，"看来发声练习很有意义啊。"

"我看她挺老实的，一开始还有点担心，不过目前看来，教过的事情她都能完成，而且挺认真。而且别看她一副很迟钝的样子，动作倒是很敏捷。"

"哦？"

"我问她是不是搞过什么运动，她说初高中搞过六年田径。"

"真的？"

"还说专长是短跑。真是人不可貌相啊。太好了，时隔这么久总算有个能派上用场的新人了。"

看来穿着紫色裙子的女人的运动神经真的很不错。只不过我万万没想到她参加过田径社团，而且一搞就是六年。

还有"认真""能派上用场"这种赞扬也让

我吃了一惊。原来此前这么多次面试失败，都是因为穿着紫色裙子的女人的外貌问题吗？她的样子很难说干净，但只是换上了跟大家一样的制服，把头发梳到脑后扎起来，就像塚田主任说的那样，显得"能派上用场"了，真是不可思议。其实从早上开始，我每次从她面前经过，都能闻到一股清新花香。那就是我挂在她门把手上的洗发水试用装的香味。我听说过那种香味可以给人的感情带来积极影响，没想到竟然是真的。

　　第一天结束时，塚田主任给她发了个苹果。一个又红又大的苹果。

　　"这叫北斗，外面卖很贵哦。"

　　塚田主任竖起食指抵住嘴唇，"嘘"了一声。

　　穿着紫色裙子的女人双手接过苹果，问了一

句："我能收下吗？"

"拿着吧，拿着吧。"

"可是，这……"

"都跟你说拿着吧，大家都这么干。你瞧我

也是。"

塚田主任指了指自己胸口。她的胸部膨大得

有点不自然，仔细一看左右形状还不一样。右边

是苹果，左边小一点儿的是橙子。塚田主任又把

手伸进围裙口袋里，让里面的香蕉露了个头。

穿着紫色裙子的女人呵呵笑了。那是讨好

的笑。

"反正这些都要扔了，多可惜呀。对吧，浜

本主任、橘主任？"

"嗯，嗯。"来帮忙的两位主任都点了点头。

"塚田主任说得没错。"

"把还能吃的东西扔掉，我身为主妇无法原谅这种要遭报应的行为。"

浜本主任和橘主任各自从手提包里拿出了王林苹果和橙子、橙子和香蕉，在穿着紫色裙子的女人面前晃了晃。那些都是从酒店为客人准备的水果中淘汰出来的。

"要是有人问，你就说我们处理掉了。"

"对，对。"

"别告诉所长哦。"

塚田主任又一次看向穿着紫色裙子的女人，对她做了个"嘘"的动作。

"你不用担心。这家伙还把客人喝剩下的香槟偷偷倒进自己的水壶里带在身上，从来没有被抓到过。"

浜本主任指着橘主任说。

"真的吗？"

穿着紫色裙子的女人一脸震惊。

"讨厌啦，当然是假的呀。"

橘主任笑着摆了摆手。

"是真的。这人总带在身上的那个天蓝色保温杯，里面装的是香槟。下次你仔细看，她每喝一口都要喊'噗哈'。"

"骗人的啦，你别这样。"

"噗噗，啊哈哈哈！"

这次的笑不再是讨好的笑了。穿着紫色裙子的女人头一次大声笑了起来。

"对了，你要不要把这个橙子也带回去？"

塚田主任拿出藏在连衣裙口袋里的橙子，递给了她。

"我真的能收下这个吗？"

"当然可以呀！我们每样都拿了一个。"

"可是……"

不知为何，穿着紫色裙子的女人一直犹豫着没有接过橙子。塚田主任顺着她的目光看了过去。

"……哦，没事没事，那个人不喜欢吃水果。"

"原来是这样啊。"

"没错，对吧，权藤主任？"

"那……就谢谢您了。"

穿着紫色裙子的女人低头道谢。

她把塚田主任给她的苹果和橙子藏在制服裙的腹部，拿到了更衣室。她走过去的时候，还弓着背说"辛苦了",看起来俨然谦虚有礼的新人。路过的老员工们早已忘了他们在早会上嘲笑过穿着紫色裙子的女人,纷纷热心地对她说"第一天辛苦啦""明天也要加油哦"。

上班第二天,穿着紫色裙子的女人坐了比昨天晚一班的巴士,上午八点零二分出发。这趟巴士在工作日每隔二十分钟就有一辆,要是坐早一班车,到达后离早会还有一段时间,要是再晚一班,就要迟到了。八点五十二分,穿着紫色裙子的女人打了签到卡。

走进办公室和打开更衣室大门时,穿着紫色裙子的女人都用洪亮的声音问候了"早上好"。所长和员工们全都看向她,回她一句"早上好"。

可能因为所长亲眼看到自己的特训成果，露出了满意的笑容。

还有员工问她："肌肉酸痛吗？""嗯，我没事。"穿着紫色裙子的女人这样回答道。其实她肩膀、手臂、腰部和双腿都很酸痛。早上等巴士时，她一直皱着眉扭动脖子。

因为是第二天，她很快就换好了衣服。昨天明明花了那么多时间，这次应该是掌握了窍门。她好像直接从家里穿好了丝袜过来，围裙的肩带也没有拧成一团，而是交错成了平顺的十字形。

然后，穿着紫色裙子的女人对着储物柜门内测的镜子扎起了头发。她手上那把梳子印着酒店的标志。昨天，塚田主任对她说"这里的东西你都能随便拿"，于是她从里面挑了一把梳子和一袋棉签。穿着紫色裙子的女人每梳一下头，都有清新的花香飘过来。

走出更衣室前，穿着紫色裙子的女人做了几个简单的拉伸动作。她一边小声哼哼，一边屈伸膝盖、转动肩胛骨，看起来十分痛苦。她的肌肉之所以如此酸痛，并不仅仅是因为做了不习惯的工作。其实，她昨天下班后，全力奔跑了整整九十分钟。

昨天的客房入住率不足百分之五十。下午三点半，穿着紫色裙子的女人打卡签退，坐上三点五十三分发车的巴士，四点半多点就回到了住处附近。如果换作平时，穿着紫色裙子的女人下班后应该不会绕路，而是径直回家，可是昨天她十分少见地走进了公园。

　　她在公园的专座上坐下，把手伸进膝头的提包里，取出那个红艳艳的苹果。那就是她下班时从塚田主任那儿拿到的北斗苹果。她把苹果举到面前，张大嘴咬了一口。

　　啊呜、啊呜、啊呜，她连咬了三口，还想再来第四口，却听见公园外传来孩子们的声音：

　　"啊，她在！"

　　"她在吃苹果！"

　　孩子们指着她哄笑起来。他们一边笑一边翻过入口的铁栏杆，跑到长椅不远处围成一圈，高高兴兴地猜起了拳。连续三次不分胜负，第四次出剪刀的孩子输了。那孩子骂了一声"浑蛋"，可是表情跟平时一样喜气洋洋。猜输的男孩子朝着她的专座一路小跑，靠近了就高高举起手臂。

啪！穿着紫色裙子的女人肩膀被狠狠地拍了一下，她手上的苹果也被震落在地。

"啊！"

男孩子脸上没了血色。他这么用力，应该能想象到有什么后果啊。不仅是那个男孩，其他孩子似乎也没想到事情会变成这样，全都茫然地盯着那个在地上打滚的苹果。

苹果一直滚到垃圾桶附近才总算停了下来。拍肩膀的人猛地回过神来，朝苹果跑了过去。他把沾满沙土的苹果拾起来，一脸抱歉地走回穿着紫色裙子的女人坐的地方。

"对不起。"

男孩子战战兢兢地把苹果递了过去。

于是，其他孩子也纷纷跑过来，对她低下了

头，大喊："对不起！不好意思！真的很对不起！对不起！对不起！对不起！"

孩子们飞快地鞠躬的光景在我看来显得有些异样，还以为他们又发明了新游戏。

然而事实并非如此。那些孩子在由衷地道歉。那个拍肩膀的男孩甚至泛起了泪光。

穿着紫色裙子的女人只是轻轻挥了一下手说：

"没关系。"

没关系。没想到她是会说那种话的人。孩子们也被这突如其来的话语惊呆了。

——她说话了。

——她说话了呢。

孩子们面面相觑，又不断偷瞥她。

"我去洗干净！"

男孩子转身跑向饮水器，其他孩子也跟了过去。

"不用了，没关系的。"

穿着紫色裙子的女人从长椅上站起来，也追了过去。

大家轮流拿着那个苹果，仔细洗干净了。苹果洗好之后，又被送到了穿着紫色裙子的女人手上。一群人回到长椅附近，她先咬了一口苹果。

"真好吃。"

穿着紫色裙子的女人说着，把苹果递给了旁边的男孩。

刚才拍了她肩膀的男孩拿过苹果咬了一口。

"好吃！"接着，他把苹果传给了右边的女孩。女孩也咬了一口苹果，又传给了右边的女孩。

　　"真好吃。""好甜。""好吃！""真好吃呀。"
孩子们围着她，挨个儿传着苹果。男孩子咬过的
地方，女孩子咬了一口，女孩子咬过的地方，另
外的女孩子又咬了一口，女孩子咬过的地方，男
孩子又咬了一口，男孩子咬过的地方，另外的男
孩子也咬了一口，男孩子咬过的地方，穿着紫色
裙子的女人咬了一口，转到第二圈，苹果就只剩
下核了。

　　吃完苹果，穿着紫色裙子的女人和孩子们一
起玩了鬼追人游戏。这是她第一次加入猜拳的行
列。鬼追人游戏一直持续到了天彻底黑下来，其
间每个人都当了鬼。

　　穿着紫色裙子的女人最后成了鬼。

　　纵横交错、不断穿梭的孩子们就像老鼠一

样，连在田径社团待过的她也因为孩子们无法预测的行动而头痛不已。她一开始还拼了命去追，但不知为何，追着追着就不跑了。

当鬼的穿着紫色裙子的女人不去理睬到处乱跑的孩子们，反倒在公园里漫步起来，看看花坛，又看看时钟。孩子们察觉到异常，脸上露出担心的表情，纷纷跑向她。我当时也想，这到底是怎么了？

"你怎么了？"

男孩子抬头窥视她的表情。

"你生气了？"

她叹息一声说："我累了。"

"你累了？"

"没事吧？"

"休息一下吧？"

就在那时，穿着紫色裙子的女人"砰"地拍了一下正对她的那个男孩子的双肩，笑容满面地说：

"抓到啦！"

呜哇啊啊啊！被骗啦！一阵哀号过后，孩子们爆发出笑声和掌声。厉害！有点本事啊！孩子们纷纷拍着她的肩膀和后背，每拍一下都会激起大量灰尘，那些灰尘乘着夜风，一直飘到了公园入口附近的长椅上。

几分钟后，公园里已经空无一人，只剩下一个橙子落在地上。我从专座底下拾起橙子，连皮咬了一口。像刚才他们吃苹果一样，咔嚓、咔嚓。第一口没有咬到果肉，但是，我很快就尝到了酸酸甜甜的果汁。

　　我埋头吃着橙子。我只是在旁边观看，却也累得口干舌燥了。

　　"我玩了太久鬼追人，所以全身酸痛。"这种话并不能作为休息的借口，于是上班第二天，穿着紫色裙子的女人同样从一大早就接受了严格的训练。

　　敞开的客房里偶尔会传出塚田主任的声音："这件事你可要保密哦……"看来穿着紫色裙子的女人正在接受如何轻松完成工作的窍门传授。塚田主任平时一直豪言"我才不教没有干劲的人"，这回看到她应声应得勤快，还把一些琐碎的东西也记在本子上，可能被她的态度打动了吧。照这个样子，穿着紫色裙子的女人恐怕不消一个月就能得到完成训练的认可。一旦完成训练，单独作业的时间就会变长。如果问身在人群中和独处这两种情况，哪种更适合我上去搭话，那自然是后者。

跟昨天一样，我今天也错过了介绍自己的机会。

如果说午休快结束时在食堂看到她独自喝茶的时候是个好机会，那倒也没错。可就在我犹豫着要不要上前打招呼的时候，所长突然不知从哪里冒出来抢了我的位置。他似乎也很关心新人的情况，一直在问"工作怎么样，能坚持下去吗"。

"是，没问题。"穿着紫色裙子的女人笑着回答。

"太好了。这话你可别说出去，我一开始还担心你被主任欺负呢。"所长压低声音说。

"大家对我都很好。"穿着紫色裙子的女人回答。

"那就好。我们这儿都是些怪人，尤其是那帮主任，个个都个性十足。你说是不是？"

"嗯……啊，这个嘛——"

"比如塚田。"

"呃，嗯……呵呵。"

"还有浜本、橘、新庄、堀、宫地她们，还有中谷、冲田、野野村，这么一说就是所有人了。所有人都口味浓烈。"

"浓烈……呵呵。"

"像动物园一样。"

"您怎么这样说？呵呵呵。"

"长相和名字都记住啦？"

"您是说主任们吗？呃，还没有……"

"是吗，不过培训阶段除了塚田以外每天都在换人啊，反正慢慢就记住了。"

"是。"

"不过太好了，因为不适合这份工作的女孩子总是很快辞职，而日野你好像没问题。毕竟连那个塚田都对你赞不绝口啊。"

"塚田主任人很好。"

"要是塚田听到你这句话，她该高兴死了。呀，时间到了。"

所长站起来，在自动售货机上买了两罐咖啡，又走了回去。

"给。"

"您太客气了。"

"下午也要加油哦。"

"是，谢谢您！"

"哈哈，这个回应不错，及格。"

第二天我休息，但是穿着紫色裙子的女人要上班，于是我也去了。她坐上跟昨天同样班次的巴士，在同一时间打了卡。我险些也要跟着打卡了，但是及时反应过来，又把卡放了回去。

虽然来了，可我一点工作的心思都没有。再说今天是我的休息日，本来就不计入人手。那我到底来干什么？当然是来偷偷观察她工作。另外，只要时机适宜，我还打算向她做自我介绍。

然而一走进更衣室，我就意识到自己犯了个重大错误。

我竟然忘了带制服过来。没有制服，不就上不了楼了吗？昨天我出于习惯把全套制服带回了家，今早洗完晾在阳台上了。

太大意了。我不能穿着便服在酒店里到处走动，如果借备用服装，就要跟办公室的人说话。要是他们发现我今天休息，肯定当场就会把我打发回去。

我不知道自己过来到底要做什么，于是没待多久，我就坐巴士回家了。我还坐在巴士里感慨，月票真好啊。

回到家后，我看了会儿电视，然后睡了个午觉。一觉睡醒，天已经有点昏暗了。我又无所事事地待了一会儿，等到商店街差不多要关门，才不情不愿地起了身。

　　我在商店街逛了菜店、药店和百元店。辰见酒铺我没有走进去，而是用了门口的自动售货机。最后我走进熟食店，正犹豫着要从两盒打折商品中挑选哪一盒，不经意间抬起目光，发现了穿着紫色裙子的女人的身影。

　　我没想到会在这个时间碰到她，顿时吃了一惊。今天客房入住率应该只有三成左右，我以为她早就下班回家了。

　　我跟她相隔只有十几米。她正朝这边走过来，样子跟平时有些不一样。因为没有了她平时走在商店街上的那种节奏感和速度感。可能因为天黑了，周围没什么人吧。可尽管如此，她的动作也太慢了。

上班第三天，她莫不是被塚田主任当成苦力使唤了？随着她渐渐走近，我发现她目光涣散，脸颊上的肉都垂了下来。

她怎么了？今天发生了什么？

我回想起今早的行动，突然万分后悔。为什么我当时要躺在家里看电视呢？为什么我没有返回去呢？我应该把没晾干的衣服塞进包里返回去啊。而且我有月票，应该毫不犹豫地过去才对。

穿着紫色裙子的女人走着走着会猛地左右摇晃一下，要是现在谁去撞她，肯定一下就把她撞飞了。我脑中瞬间闪过那个想法，不过并没有人真的这么做。她缓缓从我旁边走过，摇摇晃晃地朝自己住的地方挪了过去。

穿着紫色裙子的女人走过去后，我旁边的购物客人对熟食店老板说："刚才那个人有点虚弱啊，她没事吧？"熟食店老板瞥了一眼她的背影说："她能自己走，应该没问题。"他们都没发现刚刚走过去的人是穿着紫色裙子的女人。

第二天，我一直坐立不安。

穿着紫色裙子的女人今天休息。她从周一开始当客房清洁员，直到今天才能休息。看她头天晚上的样子，今天恐怕要在房间里躺一天吧。短短一天时间能让身体恢复到原来的状态吗？我很想问塚田主任昨天发生了什么，可是塚田主任偏偏今天没来上班。

我最担心的是她休完今天，明天还能不能来上班。因为在此之前，有许多新人来干了两三天，过完第一个休息日就再也不来了。

我不希望她那样。因为她好不容易才找到这份工作，我希望她再坚持一段时间。至少坚持到我们交上朋友吧。

第二天早晨，当我看到穿着紫色裙子的女人站在车站前排时，心里顿时松了一口气。

跟前天相比，她脸色已经好了很多，身子挺得笔直，目光也不涣散了。

巴士到达时，里面已经坐满了人。每天早上都这样，我感到特别烦，然而再晚一班肯定会迟到，我还是得坐上去。穿着紫色裙子的女人利用自己小巧的体形，从一群白领胳膊底下钻了过去。

排队等车的人已经有好几个放弃乘车，跑向了出租车载客点。多亏了他们，我排在最后也顺利挤上了车。我学她的样子，弯腰从高中生的书包底下钻了过去。

穿着紫色裙子的女人被淹没在乘坐巴士的白领职员里，从我站的地方只能看到她的一部分脑袋和右肩。一个白领低头闻了闻她的头发。看来她今天也用了清新花香的洗发水。说不定还是早上洗的头。我觉得试用品应该用得差不多了，万一用完，她又会变成以前那副蓬头垢面的模样吗？那样一来，应该就不会有人闻她的头发了。到时候，穿着紫色裙子的女人脑袋周围自然会空出一个空间，让我也能看清她的模样，然后说："哎呀！早上好，你平时都坐这班巴士吗？"这样的日子，会到来吗？

现在虽然不是跟她打招呼的时候，可是我由

于被挤得不能动弹，赫然发现她的右肩上粘着一颗饭粒。

那是一颗干燥变硬的饭粒。可能因为塚田主任叫她早上吃米饭，她就照做了。说不定，那颗饭粒已经粘了好多天。我很想替她拿掉，只可惜现在连动动手指都万分困难。

就在我费了九牛二虎之力一点点伸长手臂，快要碰到她肩上的饭粒时，巴士突然急刹车，导致车身剧烈摇晃起来。突如其来的晃动让我没有碰到饭粒，而是捏住了她的鼻子。

"呜嘎！"

穿着紫色裙子的女人发出了奇怪的叫声。我慌忙把手缩了回来。

巴士来到下一个停靠站，乘客陆续下车，她

则一脸恐慌地四下张望。仿佛在想，刚才究竟是谁捏了她的鼻子。有一瞬间，她瞪了我一眼，似乎要说"是你吧！"可是下一刻，穿着紫色裙子的女人就逼近了站在我旁边的一个白领男人。

"你刚才摸我屁股了是吧？！"

她对男人怒道。

"这个人是痴汉！"

被穿着紫色裙子的女人指着的人惊慌得语无伦次，但是并没有否定她的问罪。

周围的乘客立刻把那个人团团围住。

巴士司机察觉到情况，把车紧急停靠在了附近的警察岗亭门前。

巴士门开启，穿着紫色裙子的女人走了下去，那个男人也被乘客们拽了下去。车门关上，巴士又若无其事地继续行驶起来。我透过最后面的车窗看到穿着紫色裙子的女人把痴汉嫌疑犯转交给执勤警察的场景。

因为这件事，那天她迟到了两个小时。早会结束，在等待电梯前往指定楼层的时候，员工们纷纷议论起来。这么快就旷工啦？这不是常见的模式嘛。她肯定不来了吧。

就在此时，塚田主任开口道："她肯定是有事情。"

"我不认为她是那种一言不发就离开的人。"

"真的吗？"

资历最老的一个员工面露疑虑："我觉得这回也是常见的模式啊。"

"不，她不一样。"

塚田主任说。

"我也觉得不是。"

浜本主任帮腔道。

"连浜本主任都这么想？"

"嗯，因为她培训的时候很积极。"

"就是那样的人才会一言不发地走掉啊。"

另外一个老资历的员工说。

不，塚田主任又摇了摇头。

"我干培训干了这么多年，一眼就能看出来谁会留下。对吧，浜本主任？"

"没错。"

"嗯，真有这种事？"

"而且她还说做这份工作很开心。浜本主任、橘主任，她是说过，对吧？"

"嗯，是说过。"

浜本主任说。

"的确说过。"

橘主任也说。

"我们前天还去聚餐了呢。"塚田主任说，"前天入住率不是很低嘛。三点就下班了，于是我们四个人直接去了车站门口的炸串店。"

"四个人吗？"

"对呀。那天冲田主任、野野村主任和堀主任都休息。"

"权藤主任……没去吗？"

一个老资格的员工小声问了一句，似乎想面面俱到。

"权藤主任不会喝酒啊。"塚田主任说，"叫不会喝酒的人去聚餐，反倒会让人家不舒服嘛。"

"没错没错，而且权藤主任前天也休息。"

橘主任说。

"哦，是吗？我好像见到她了。"

"见到了？那是浜本主任看错了吧。新庄主任前天还抱怨，说权藤主任不在，害她只能自己检查储备品库存了。"

"哦，这样啊。"

"我们在炸串店聚餐的时候，新人清清楚楚地说了，做这份工作很开心，希望一直做下去。她可是挺起胸膛做出的宣言哦。"

塚田主任说。

"啊？她该不是喝醉了吧？"

"嗯，那倒有可能。"

"啊，说不定她宿醉了起不来床呢。"

"我们喝酒是前天啊，一般宿醉是在第二天吧。"

"那可说不准，毕竟她喝得多。说不定酒精到现在还没代谢掉。"

"可是浜本主任喝得也多啊。"

"哎呀，人家喝得可没橘主任多。"

"我？我是喝了，但怎么都赶不上浜本主任喝下去的那些梅酒兑水的量啊。"

"哪里哪里，梅酒兑水能算什么啊。橘主任不是一上来就加冰块的吗？"

"是吗？"

"真是的，就算那天是女子聚会，大家也喝太多了。"

"塚田主任明明喝得最多！"

哇哈哈哈。三位主任放声大笑时，所长出现在走廊另一头，叫了塚田主任一声。

"塚田啊，刚才日野打电话过来，说要迟到一会儿。"

塚田主任朝所长喊了一声"知道啦"，还举起双手摆了个大圆圈，得意扬扬地扭了扭。

"看吧，人家才没有旷工。"

看来，穿着紫色裙子的女人是从警察岗亭往办公室打了一通电话，向所长说明了情况。当她迟到两个小时出现时，所长请她喝了一罐咖啡。

"辛苦了，早上很遭罪吧。"

下午三点，她下楼开始迟来的午休，双手接

过所长给她的咖啡，低下了头。

"对不起，给您添麻烦了。"

"这哪叫添麻烦啊。"所长说，"日野是受害者，没有必要道歉。要怪就怪那个管不好自己手的浑蛋。简直太浑蛋了，身为男人我都无法原谅他。你肯定很害怕吧？"

穿着紫色裙子的女人默不作声地点了点头。

"要不你换个乘车时间吧。这次虽然抓住了咸猪手，保不准啥时候又会来个怪人。"

"是……可是，我只有那一趟时间合适的车，早一班太早，晚一班就迟到了。"

"嗯，这样啊，那可头痛了。"

"没关系，万一出事了，乘客和司机都会帮我的。"

"是吗？我还是放心不下啊。"

"没关系的，请您别担心了。"

"不，我还是担心。今天早上就担心死了。你这是平安来上班了还好，当时你没来参加早会，又没联系我。之前我不是跟你说过，很多人走的时候说都不说一声吗？"

"我不会那样的。"

"我知道。各位主任都说日野不是那样的人。听说你前天跟她们去聚餐了？"

"是，下班时主任们把我叫上了。"

"听说你很能喝啊，真没想到。"

"哎呀，是谁告诉您的？"

"没有没有，我就是觉得你很可靠。又能干活儿，又能喝酒。"

"我不能喝酒，那天是主任们劝的……到中间我就彻底断片儿了，都不知道自己怎么回去的。"

"真的？那太危险了。"

"再说工作，我也不认为自己做好了。那是因为塚田主任教得好。"

"哈哈哈，我替你转告她吧。就说日野想成为塚田的后继者。"

"我可没说那种话呀。"

"开玩笑开玩笑。不过我也不是全然在开玩笑。"

"啊？"

"这话你可别传出去。我在想啊，将来希望日野也能成为主任，负责支持员工的工作。"

"您是说我吗？"

"也不是现在，但我觉得要尽快吧。我希望等你培训结束了，马上开始学习主任的工作。"

"可是……我不知道能不能……"

"你当然能胜任。我跟你说，主任的工作其实很简单。你看看她们不就知道了，大家都一脸优哉游哉的样子，甚至还有人一当上主任就觉得自己有了特殊待遇，还偷懒不工作呢。我希望日野能给她们带去一股新风，你一定能给现在的主任们制造良好的刺激。只不过待遇跟现在差不了多少，又没有补贴，制服也一样。如果按时薪算的话，的确比普通客房清洁员多三十日元吧。当然，要是你干的时间长，也可以争取被录用为正式职员，如果考试结果好，说不定能被总部录用。我听塚田说了，你发出了宣言，说想一直干下去？"

"宣言有点夸张了吧。"

"我啊，听到那句话，其实心里可高兴了。没错，可高兴了。"

"所长……"

"嗯，特别高兴。"

我焦急地偷听着那两个人的对话，因为穿着紫色裙子的女人一直没提起在巴士里被人捏了鼻子。

难道她觉得捏鼻子的人就是摸她屁股的人吗？不对呀，捏鼻子的人是我呀。

第二天早晨，我带着决意来到巴士站排队。我决心要再捏一次她的鼻子。昨天，有好多人都跟她搭了话。"听说你遇到色鬼了？一大早的真够呛啊。"每次有人问她这个，穿着紫色裙子的女人就会满不在乎地回应："就是啊，在巴士上被人摸屁股了。"

据我所知，穿着紫色裙子的女人一次都没提过被捏鼻子的事情。我的确捏了她的鼻子。难道我没捏她的鼻子吗？还是说捏了一个陌生人的鼻子？不知道。总而言之，如果照这样下去，我做过的事情就会跟没发生过一样了。

所以，我要再捏一次。这次要更用力，让指甲掐进肉里，掐出血来。

穿着紫色裙子的女人可能会暴怒，把我从车上拖下去。即便如此也无所谓。我要报上自己的姓名，向她道歉，请她原谅，然后跟她交朋友。

虽然我已经想到了这个份儿上，那天她却迟迟没有出现在巴士站。

目送八点零二分的巴士离开后，我坐在站台的长椅上，等待她出现。虽然坐下一班巴士会迟到，那也没办法。

可是，到了下一班巴士的时间，穿着紫色裙子的女人还是没来。难道她今天休息吗？我慌忙拿出笔记本确认，她下一次休息是周一，不是今天。

最后，我等了整整一个小时，都没见到她到巴士站来。

由于没能参加早会，我便在办公室的白板上查看当天的客房入住率和暂停入住的房间。备注栏注明了昨天的工作失误（210房没有补充红茶包、709房没有洗浴缸、811房没有锁窗户），还有从来不变的注意事项（库存数量对不上！如果发现缺失，请立即报告主管主任！），都是所长蹩脚潦草的字迹。我打了上班卡，顺便看了一眼穿着紫色裙子的女人的打卡时间，发现"出勤"那一栏跟第二天上班时几乎一样，是八点五十分。

　　这究竟是怎么回事？如果她没坐巴士，那就是去坐电车了？不过就算要坐电车，也得先到巴士站去乘车前往电车站。难道她打车去了？到这里大概要三千日元吧。她应该没有那么多闲钱。如此一来，莫非她走路来的？如果走路，那单程恐怕要两个多小时吧。光上班应该就要累坏了，可是这天穿着紫色裙子的女人却显得比平时更有活力。

我偷眼看她的时候，她正右手拿抹布，左手拿掸子，在客房里忙得打转。

"再快点！再仔细点！"

每次被塚田主任提醒，她都会脆生生地应道："是！"

每次听到她的回应，塚田主任的指导都会更加热情。

"只剩五分钟了！赶快赶快！从明天开始可就没人帮你了！"

"是！"

穿着紫色裙子的女人在这天下班前一刻，得到了塚田主任结束培训的盖章。

我没想到她能在上班第五天就完成培训。一般都要一两个月，有的人甚至要半年以上。所长和其他员工都为这前所未有的速度吃了一惊。

至于她本人，因如此迅速就能得到独当一面的认可，似乎多了许多自信。从第二天起，她就能带着万能钥匙独自工作，而她的侧脸似乎透着一丝自豪。

不仅是穿着紫色裙子的女人，其实所有员工都一样，在得到完成培训的印章后，脚步立刻就会轻盈一些，同时全身散发出放松的感觉。因为他们在培训时要被主任挑三拣四，还要挨骂，甚至被欺负，在得到一句"可以"之前，不知要重做多少次，难免会畏首畏尾。成为独当一面的员工，意味着从主任的高压中解放出来，可以独自一人打开客房门，独自一人打扫，独自一人离开客房，独自一人锁上房门。从头到尾都是一个人。相比必须承担全部责任的压力，那种解放感肯定更胜一筹。最近，穿着紫色裙子的女人除了对工作的态度，连休息日的过法都有了一些变化。

变化很简单，就是她出来闲逛的次数增加了。所谓出来闲逛，她会去的地方也只有附近的商店街和公园而已。

这天她也走了往常的路线。先去商店街买了食材和日用品，然后走向公园。

"啊，来了！"

孩子们已经先来到了公园。

他们一看到她出现在公园门口，就一起跑了过去。

"你带来了吗？"

"嗯。"

穿着紫色裙子的女人点点头，孩子们顿时爆发出欢呼声。他们拉着她的手，跟她走到了专座旁。

穿着紫色裙子的女人在专座上落座，孩子们把她围在中间。"快点！快点！"在孩子们的催促下，穿着紫色裙子的女人从手提袋里拿出了一盒巧克力。

"总算来啦！"

她把巧克力交给一个貌似孩子头的男孩子，其他孩子马上围了过去。"给我！我也要！"

"大家要分着吃哦。"穿着紫色裙子的女人悠闲地说了一声，"每人都有一颗。"

孩子们实在太想吃巧克力，似乎完全听不进她的话。虽然每人都有一颗，但他们还是险些哄抢起来。

从世界各国甄选精品可可豆，添加北海道上等牛乳制成的生奶油，这种生巧克力一粒就要九百八十日元。每盒巧克力都有甜点师亲笔写的卡片，盒盖上还印着酒店商标和名称（M&H 的文字和颈戴花冠的天马）。

"好好吃……融化啦……"孩子们可能也吃出了这跟普通的巧克力不太一样，一个个露出幸福的表情。穿着紫色裙子的女人则像圣母一般注视着他们。

得知她在工作时，孩子们大吃一惊。正如许

多人所想，也正如我曾经所想，他们都觉得工作日白天在外面闲晃的她没有工作。

"嗯，我有时工作，有时不工作。"穿着紫色裙子的女人见孩子们大吃一惊，略显羞涩地说道。

"你在做什么工作啊？"孩子们问。

"做清洁。"她回答。

"有那种工作吗？"孩子们又问。

"有啊。"她回答。

"做做清洁就能拿钱吗？"

"是啊。"

"好坏哟！我每天都打扫自己的房间和大门，可是一块钱都拿不到。"

"因为我做的是工作呀，不是帮忙做家务。"

穿着紫色裙子的女人说出了最直白的答案。

"等我长大了也要做清洁的工作。"一个女孩子说。

"我也要。"

"我也要。"

"人家也要。"

孩子们一个个举起手来。

"不如我们在同一个地方工作吧。"

"赞成！"

穿着紫色裙子的女人听到这些话，对孩子们说："就到我们那儿去吧。你们知道车站门口那家很大的酒店吗？大楼顶上挂着 M&H 的招牌，墙壁是白色的。我就在那里工作。等你们长大了，就到我们酒店来吧。"

"M&H，我见过。"

"我在电车上看到过。"

"没错，就是那里。坐电车、坐巴士都能看到。那座酒店可高级了，还有电视明星去住呢。"

"哇，明星会去住吗？"

"上周峰秋良就来过。"

"唱演歌的人？"

"嗯，前天是女演员五十岚雷娜。"

"五十岚雷娜？好厉害！"

"她漂亮吗？"

"嗯……一般般吧。"

"真好啊，我也想见见五十岚雷娜。你说，我也能做清洁的工作吗？"

"可以呀。"

"我也行吗？"

"当然可以。虽然习惯工作前会很辛苦，但是只要抓住窍门，谁都能做。"

"难不难呀？"

"也有些难的地方，但是只要掌握了窍门，谁都会做。你们不用担心。要是来我们酒店，我来给你们做培训。"

不久前所长刚跟她提到以后要培养她成为主任。穿着紫色裙子的女人虽然在所长面前表现出左右为难的样子，其实内心应该挺高兴的吧。那天，她说了许多让人心生信赖的发言，让人看不出她只是个还没独自做过客房清扫的人。

"这个盒子给我吧。"

　　一人一颗分完巧克力后，拿着空盒的男孩对穿着紫色裙子的女人说。

　　"可以呀，你要用来做什么？"

　　"用来装铃铛纸[1]。我妈妈在收集这个，现在用的盒子已经塞满了。"

　　"我也想要这个盒子。"

　　"不行，我先要了。"

　　"下次再给美佳好吗？"穿着紫色裙子的女人说。

　　"下次是什么时候？"

　　"我也不知道，就是下次我拿到巧克力的

1　日本铃铛联会发起的活动。加入该活动的公司旗下各类食品、用品等商品包装上都印有铃铛标志，收集者可将其收集起来，以学校、公民馆等为单位向联会申请教育基金（1张＝1日元），用于购买教辅材料。（译者注）

时候。"

"我也想要。"

"知道了，我们按顺序来。美佳后面是小茂。"

"说定了。"

"这幅画我好像在哪儿见到过。"

此时，一个女孩凑到男孩旁边，看着盒子侧面说："在哪儿见过呢？"

"那是我们酒店的商标哦。"穿着紫色裙子的女人说，"以前给你们的饼干还有蛋糕的盒子上，全都印着那个。"

"嗯。这是什么呀？马？"

刚才被唤作小茂的男孩说。

"是天马。"

穿着紫色裙子的女人回答。

"啊，我想起来了！"盯着盒子的女孩突然抬起头，"我家毛巾上就印着这幅画！"

"毛巾？"

"嗯，浴巾、洗脸巾和小毛巾上都有。那是我家最漂亮、最柔软的毛巾。"

"哦，应该是在我们酒店买的吧。不过，酒店有卖毛巾吗？"

穿着紫色裙子的女人歪着头思考。

"不对，是在集市上买的。"

女孩说。

"集市？"

"嗯，学校的集市。我跟妈妈一起买的。真由子姐姐没去过集市吗？"

"嗯，没去过。"

"没去过？"男孩一脸震惊，"我每次都去。集市上有卖热狗的，还有玩游戏的地方，特别好玩儿。"

"是吗？"

"我还在集市上买过漫画和运动鞋呢。"

"哦，那个集市什么时候有啊？"

"每月第三个星期日。下次真由子姐姐也一起去吧！"

"嗯，要是我不上班就去。"

他们好像不知什么时候就做完了自我介绍。孩子们看上去都长得一样，但是通过对话我发现有个男孩叫小茂，有个女孩叫美佳。另外还有几个孩子分别叫祐司、小金、小南。"真由子姐姐"就是穿着紫色裙子的女人。那个"真由子姐姐"

又说起了工作时与明星擦肩而过的事情，让孩子们甚为羡慕。

培训结束第二天，穿着紫色裙子的女人被分配到了三十楼。那是明星经常下榻的楼层。由于每个楼层都有固定人员，我很少到那里去，所以跟以前相比，上班时见到她的机会顿时剧减。最近我反倒是在公园里和商店街上更容易见到她。

自从发生了性骚扰那件事，她就不再乘坐早上的巴士了。不过我在回家的巴士上见过她，所以她应该只是早上刻意回避。除了坐巴士，就只能坐电车、走路或是打车，而我至今仍不知道她到底是怎么上班的。从打卡的时间来看，她的出勤时间比以前早了十五分钟左右。每天早晨我走进更衣室，往往会看见穿着紫色裙子的女人已经换好衣服，在对着镜子仔细梳理头发。她每梳一遍头发，更衣室里就会散发出清新花香。我给她的试用装只够用五天，可是过了两周、三周，穿着紫色裙子的女人的头发依旧散发着清新花香。这听起来很不可思议，其实原因很简单。

不久前，我看见她在商店街上的药妆店里购买洗发水替换装了。她购买替换装，意味着之前已经买了带瓶的洗发水。看来她特别喜欢那份试用装。其实她不用买，上班的时候就能搞到很多洗发水。而且不仅是洗发水，连护发素、沐浴露和香皂都能搞到。我猜，基本上所有员工家里都常备印有酒店商标的洗发水瓶，因为她们的头发每天都散发着相同的气味。唯独穿着紫色裙子的女人散发着清新的花香。

上回，塚田主任在更衣室里问了她一句："我说，日野妹妹怎么不用我们家的洗发水呀？"

穿着紫色裙子的女人闻言，露出了为难的表情："您问我为什么……"

"你可以试试我们家的洗发水呀，还挺好的。"

"哦，是吗……"

穿着紫色裙子的女人说着，解开了扎起的头发。

"你想啊，这些都免费。因为是酒店的用品，随便你怎么用都行。而且大家都在用，日野妹妹从今天开始也用这个吧。"

"呃……"

她看了一眼塚田主任手上的迷你装洗发水瓶。

"我对那个洗发水的气味有点……"

"气味？"

"是，您不觉得有股鱼类的气味吗？"

"是吗？"

"嗯，有股鱼腥味。啊，不对。我不是说塚田主任您身上有鱼腥味，只是在说洗发水。呵呵。"

穿着紫色裙子的女人笑了笑，塚田主任却没笑。我听着她们的对话，心里紧张得不得了。后来，她见塚田主任一言不发地把洗发水放回柜子里，可能感到气氛不对，慌忙换了个话题，用"下次再去聚餐吧"这种轻快的提议勉强挽回了场面。

穿着紫色裙子的女人早早拿到训练结束的印章，已经不算是新人了。一旦能够独当一面，前辈后辈之间的差距就骤然变小。我偶尔会在食堂看到她跟老员工一起聊八卦，但老实说，远远看过去实在分不清谁是谁。发型、服装、姿势、表情以及每次发笑都会在腰间摇晃的万能钥匙……她已经完美融入了周围的环境。

不过，只要我聚精会神地看，就能看见她的真心。她并非真心享受着这个氛围。她嘴上虽然挂着笑容，目光却没有笑意。其他员工脸上都洋溢着活力，唯独穿着紫色裙子的女人散发着有点悲伤的气息。她只是为了不打扰前辈们快乐的时间，勉强自己跟她们打交道。我曾经两次对她打招呼，想把她从那个令人窒息的地方救出来。"欸，我说"和"你好呀"。两次都在她们聊得正欢的时候，没有人注意到我。

　　时间过得飞快，她成为客房清扫员已经两个月了。不论好坏，她可能已经掌握了在职场上与人相处的技巧。

　　我心里有点空落落的，但这也没办法。因为在只有女人的地方，一旦聊起天来必然是某个人的八卦。就算毫无兴趣，也只能装出感兴趣的样子。

　　今天是这个人，明天是那个人，八卦的对象时常换新，八卦本身却从不停息。总有什么人在聊什么人的八卦。不论是老员工还是新人，我几乎听过每个人的八卦。其中当然也包括穿着紫色裙子的女人。

　　"现在的日野跟刚来的时候感觉有点不一样啊。"

"嗯，嗯。"

"你们不觉得她越来越丰满健康了吗？"

"觉得觉得。"

"她刚来的时候，脸色比现在更阴沉、更苍白吧。"

"现在好像健康了不少。"

"嗯，我也看出来了。"

没错，都是好话。正如她们所说，这两个月来，穿着紫色裙子的女人有了明显的变化。最大的变化应该是脸。原本瘦削的脸颊变得饱满了，也有了血色。简而言之，就是稍微胖了一点儿。乍一看她吃得并不多，但是最开始的时候，她午休时间甚至只喝茶，一副随时都会倒下的模样，让人很是担心。

食堂自动售货机旁边摆着免费饮用的煎茶。穿着紫色裙子的女人每次都喝那个。她会双手捧着塑料茶杯，一口一口啜饮里面的热茶。现在回想起来，好像头一天就有人向她搭话了。

"新人，你就只喝茶吗？"那个人说。

"是。"穿着紫色裙子的女人回答。

"难道你在减肥？"

"没有。"

"那可不行，你得再胖一点儿。对了，你要哪个？挑一个你喜欢的。"

有时她会得到一个甜甜圈，有时则是包子，有时又是面包卷。除此之外，还有糖果、口香糖、橘子、饼干等，我都见她拿到过。我也每天都喝茶，但从来没有人给我送吃的。可能是因为站着喝跟坐着喝的不同吧。穿着紫色裙子的女人总是一个人坐在六人圆桌前默默地喝茶。所长每次见到都会请她喝咖啡，我还见过塚田主任点完乌冬面套餐，把里面的饭团分给她吃。就算她不准备中午饭，也能填饱肚子。如果食堂没有人，她可以在客房拿东西吃。穿着紫色裙子的女人知道怎么做。

她偶尔会把客房门反锁，可能是塚田主任和老员工教她的吧。虽然大家都这么做，其实那是违规的。公司规定，不管是独当一面的员工还是正在接受培训的员工，清扫客房时都必须把房门敞开。

若问穿着紫色裙子的女人反锁房门后在里面干什么，那当然是清扫，当然还有别的一些事情。

比如喝客房里的咖啡，拆开收费的什锦坚果和巧克力吃，或者把客人吃剩下的三明治吃掉。还有就是躺在床上看电视，顺便打个盹儿，再往浴缸里加点水泡脚。说不定她还会在里面喝香槟。每当她打开反锁的房门走出来，嘴里基本都在嚼着什么东西。

这就是人们八卦她"越来越丰满健康"的原因。原本毛糙的头发之所以变得柔韧有光泽，恐怕不只是洗发水的功劳。人只要营养充足，就能变得丰满有光泽。

后来，我还在别的地方听到穿着紫色裙子的女人的八卦。

"日野变漂亮了啊。"一个员工说，"是不是整容了？"

我认为那句话可以理解为夸奖。

"怎么可能，化妆了吧。"跟她在一起的另一个员工说。

"哦？她化妆很拿手啊。"

"嗯，很拿手。"

"干活也利索。"

"嗯，利索。"

"主任们都说，加急的房间只要交给日野就没问题。"

"嗯，因为她干活儿真的很利索。"

"不过有时候也会想，那也太快了。"

"嗯，这倒是真的。"

"这么说可能不太好，可我有时候会想，她是不是偷懒了。"

"会想会想，特别会想。"

"可能主任也发现了她会偷懒。"

"可能发现了，不过她们很喜欢日野啊。"

"你觉不觉得她对主任打招呼的方式都跟对我们的不一样啊？"

"是啊，音调好像有点微妙的差异。"

"人家肯定是见人说人话啦。"

"对。"

"还有整理推车特别随意。"

"就是呀！她用过的推车肯定有什么东西没补充上。"

"上回我竟然连半块香皂都没找到。"

"她只想着自己，根本不考虑后面用推车的人！"

听完这番传言的几个小时后，我悄悄跑去整理了她用过的推车。彼时她早已打卡下班了。果然如员工们所说，这天穿着紫色裙子的女人用过的推车里只有一把牙刷，浴帽则完全没有补充。她可能打算等到明天早上再来补充，可是她明天休息。顺带一提，我要上班。我们不在同一天休息的情况已经持续了两周左右，我只能通过员工的八卦来得知她的近况。这样虽然让我很焦急，但总比什么都打听不到要好。

事已至此，我只能期待下个月更换楼层。就在我产生这个想法时，又听到了新的八卦。

这次的八卦来自主任阵营，而且内容连我都难以相信。她们竟然说，穿着紫色裙子的女人在跟所长交往。哈，所长？是说那个所长？那个有家室的所长？绝对是假的。

"是真的啊。"

浜本主任一边剥糖纸一边说。

"你看见了？"

塚田主任撕开了仙贝的小包装，布草间里顿时弥漫起一股酱油味儿。

"有人见到了，而且不止一个。她们说日野妹妹这段时间每天都是所长开车送过来上班的。"

"所长开车？哇哦……"

第二天早晨我马上去确认了。从结论来说，那是真的。穿着紫色裙子的女人真的每天都坐所长的车上班。难怪我在巴士站见不到她。原来所长会直接到她的住处去接她，然后开到酒店，所以她才不去巴士站。

可我并不确定他们真的在交往。我只看到所长的黑色轿车早上八点停在她住处门口，按两下喇叭，几秒钟后，201 的房门打开，穿着紫色裙子的女人走出来，对楼下的所长笑着挥挥手，随后注意着脚下，文静地走下来，打开副驾车门坐进去，两人简单交谈几句，她系好安全带，同时所长发动汽车。

所长的确每天都送穿着紫色裙子的女人上班。

可是我听八卦说，因为两个人每天一起上班，渐渐缩短了距离，最终开始了交往。那是真的吗？

星期日是我和穿着紫色裙子的女人久违三周的共同休息日。现在气温 21 摄氏度，湿度百分之六十，一大早就蓝天白云，晴朗舒适。

　　九点，她从 201 房走了出来。我离得很远也发现了她的妆容比平时要浓一些。可能因为头天晚上仔细梳理过，她的头发也比平时更有光泽。她下楼梯时小心缓慢，走到门前的路上，就加快了脚步。她的脚步声一路朝巴士站延伸过去。

　　星期日早晨的巴士站无人排队。今天是休息日班次，九点左右的巴士只有两趟。

　　九点十四分，巴士准时到站，穿着紫色裙子的女人走了上去。车里很空，她坐在第三排的单人座上，我则朝最后的多人座走去。我已经好久没跟她搭乘同一趟巴士了，所以仅仅这样就很高兴。巴士到达目的地前，穿着紫色裙子的女人一直呆呆地眺望窗外，间或从包里拿出小镜子凝视自己的脸。有一次，她还从包里拿出了不知何时买的新手机，但只看了一眼屏幕，没有做任何操作便放了回去。

九点四十五分，巴士到达电车站。这里就是她的目的地。穿着紫色裙子的女人付了车票钱，我出示了月票，从巴士上走下去。

穿着紫色裙子的女人走进了电车站旁边的商业大楼。我正想着楼里有什么，原来她只是单纯路过。从一楼走到地下，再上到一楼，便是车站广场。周围有许多餐饮店和礼品店，但是还没开门，只有一家咖啡厅开着，其余还锁着卷帘门。她推开那家咖啡厅的门，走了进去。

店里坐着两个客人，一个半老的男人在吧台与店主谈笑风生，另一个男人坐在最里面的座位，背对入口，戴着貌似棒球帽的黑帽子。

戴棒球帽的人就是所长。所长看见穿着紫色裙子的女人，马上把手上的报纸叠起来，拿起放在对面座位上的单肩包。

那是他平时上班带的黑色单肩包。穿着紫色裙子的女人在空位上坐下，向吧台里的店主点了一杯奶茶。随后，她问所长："你吃了什么？"所长看着空盘子说："早餐煎蛋卷。"她也看着空盘子说："很好吃吧。"

所长瞟了一眼手表，几乎是同时，店主端来了奶茶。"时间到了。"所长说。"等等，先让我喝一口。"穿着紫色裙子的女人说完，喝了一口奶茶。

所长站起来，戴起了原本放在桌上的太阳镜。那副太阳镜的形状跟我的挺像，但应该高级很多。因为我的是在百元店买的。

所长付了钱，早餐B套餐加奶茶，合计八百八十日元。

十点二十分，两人离开咖啡厅，挽着手走过了陆续有店铺开门的街道。所长一直在四下张望，穿着紫色裙子的女人则大摇大摆。似乎所长越是在意周围的目光，她就把他的手臂搂得越紧。大约走了十分钟，两人进了一栋建筑物。那上面写着"横田影院"，原来是电影院。

十点三十五分，穿着紫色裙子的女人在小卖部买了可乐和爆米花。刚拿到手上，所长就伸手抓了一颗。她嗔了一句："真是的。"所长哈哈笑了。一走进电影院，所长的表情就放松了不少。

两人买了《生死时速》和《肮脏的哈里》连播。

我只看过《生死时速》，觉得挺有意思。不过是很久以前看的，不太记得了。

十点四十五分，电影开场。第一部是《生死时速》。我看着看着慢慢想起来了。我还以为是电车被装了炸弹，实际是巴士。不过最后电车也出来了。穿着紫色裙子的女人完全不碰爆米花，一直紧盯着大银幕。与之相反，所长一直都坐不住。他一会儿吃爆米花，一会儿喝可乐，一会儿挠挠脸，然后把鼻子贴在穿着紫色裙子的女人的肩膀上闻味道（看起来是这样），不时扭扭脖子，或是打个哈欠，到最后干脆打起了呼噜。她看了一眼所长的睡脸，然后就盯着银幕再没移开过视线。

下午十二时四十五分，《生死时速》放映完

毕，接下来是十五分钟休息时间，下午一点开始放映《肮脏的哈里》。那是什么电影呢？我有点期待。

两人站了起来，我以为是要上厕所，怎知他们迟迟没有回来。于是我走到外面查看情况，发现他们已经出去了，正往车站方向走。我慌忙跟了上去。

现在跟早上不一样，路上满是行人。穿着紫色裙子的女人向所长展示了自己的特技。

"你看着哦。"说完，她转身背对所长，像滑冰选手一样动作流畅地穿过了人群。

"啊哈哈，厉害厉害。"所长在远处鼓起了掌。她回头一笑，等所长走到身边来。所长追上去之后，她又灵巧地穿过了人群，随后停下来，转身笑着等所长追上去。两人重复了好几次这个游戏，每次她转过身去，所长都会把帽子压低一些。

下午一点，两人站在车站广场的连锁书店里，并排站着看书。所长捧着封面是"拉面特辑"的信息月刊，穿着紫色裙子的女人则捧着一本电影杂志。她全然不看自己手上的杂志，而是歪头看着所长翻开的页面。我听不见他们说话，但注意到她的口型在说"好像挺不错"。他们中午可能要吃拉面。

下午一点十分，两人离开书店，拐进了站前商业街侧面的小巷子里。那里有一家二十四小时营业的居酒屋。原来中午不是吃拉面。

所长喊着"打扰啦"钻过门帘，店里大白天（可能因为是星期日的大白天）就坐满了客人。我挑了个吧台角落的座位坐了下来。

"服务员。"店长喊了一声，点了这个这个这个和这个。所长一直在安排点菜事宜，穿着紫色裙子的女人则一声不吭。偶尔能听见所长哈哈的笑声从客人的嘈杂声中传过来，她的声音就几乎听不见。所长好像是这家店的常客，因为他们坐了一个小时后，所长朝柜台里的店员喊了声："服务员，给我上平时那种的微辣。"我正奇怪平时那种微辣是什么，原来是笋干。

所长一直喝个不停，穿着紫色裙子的女人才喝完两杯沙瓦，他已经加点了六次生啤。中间有个隔壁桌的醉汉问他："你们是什么关系呀？"喝红了脸的所长回答："你猜猜看？"醉汉说：

"嗯……父女！"所长说："答对啦！"后来他们点了泡菜杂炊饭，我以为要结束了，结果最后还点了一个烤饭团，两个人用筷子分着吃了。

下午四点四十五分。他们吃了整整三个半小时。离开居酒屋后，两人回到商业街，经过车站门口，没有绕路，直接走向了公交站。穿着紫色裙子的女人脚步很稳，所长则一看就不太行。我跟在互相扶持着行走的两人后面，无数次抬头去看。我在刚才那家居酒屋点了三杯生啤、黄油金针菇和酱烧萤火鱿，没结账就走了。我很担心店员追过来，但是谁都没出现。

下午五点零一分，穿着紫色裙子的女人对坐在公交站长椅上的所长说了一句话，随后走向附近的小卖部，买了一瓶运动饮料回来。她在所长身边落座，拧开瓶盖，把饮料递了过去。所长先喝了一口，随后两人轮流喝起了饮料。

巴士没一会儿就来了，此时是五点零五分。他们没有上车。所长面无血色，不断摆着手对她说着什么。"现在坐车可能要吐。"紧接着，所长就冲向厕所。穿着紫色裙子的女人一个人坐在长椅上，把最后一口运动饮料喝掉了。喝完饮料，她便低着头看指甲。那副模样很像我小学的朋友小梅。

下午五点十五分，所长一脸清爽地走了回来。他用手帕擦着嘴说："哎呀，抱歉抱歉。"穿着紫色裙子的女人见他回来，也起身去上了厕所。所长独自坐在那里，拿出手机玩了起来。中途，他猛地抬起头，用手掌拍了拍脸和脑袋。"不见了，不见了。"随后，所长打开旁边的挎包，又说，"找到了。"他拿出一顶棒球帽，马上戴了起来。随后，所长继续在包里翻找。"不见了，不见了，不见了。"

这次他怎么都找不到。他应该在找太阳镜，而他刚才把太阳镜落在了居酒屋的餐桌一角。其实我现在戴的便是他落下的那副太阳镜。果然跟百元店的东西不一样，明明这么大，却像空气一样轻盈，而且镜腿内侧还印着"TOMOHIRO"几个金字母，那是所长的名字。

因为怎么都找不到，所长最后便放弃了。他合上挎包，又把帽子往低处拉了一些，仿佛要遮掩没有了太阳镜的地方。

下午五点三十五分，巴士来了。车上的座位

被一群拿着球拍的女高中生占领，穿着紫色裙子的女人问所长要不要再等一班，所长说："上去吧。"

在巴士上，我跟他们隔着三个人，并成功来到了跟他们在狭窄走道上背对背的位置。挨得这么近反倒不容易被发现。我听到背后传来的对话如下：

穿着紫色裙子的女人："我侄女的生日礼物该选什么呢？"

所长："你还没选好吗？"

穿着紫色裙子的女人："嗯。"

所长："布娃娃怎么样？"

穿着紫色裙子的女人："布娃娃啊……"

所长："她不是才一岁嘛。"

穿着紫色裙子的女人："那是我侄子，我侄女六岁了。"

所长："是吗？"

那又怎么样？然而他们还是不厌其烦地聊着生日礼物的话题，最终得出了"回老家后直接问老哥，看侄子喜欢什么"。那个"老哥"应该就是穿着紫色裙子的女人的兄长。

所长也有个明年就要上小学的女儿，可他们丝毫没有谈论到她。她应该不会不知道所长有小孩吧。我倒是头一次听说她家里有兄长，还有侄女和侄子。

下午六点五分，两人下车。这里是见惯了的巴士站和见惯了的风景。他们牵着手走在前面，我隔开几米跟在后面。他们穿过人行横道，又穿过拱门走进了熟悉的面包店。穿着紫色裙子的女人拿着托盘，在上面放了两个奶油面包，还有袋装三明治。面包是穿着紫色裙子的女人付的钱，加起来一共七百四十日元。

此时还没有任何人发现异常。等商店街的人发现这对依偎在一起的情侣，而女方竟是穿着紫色裙子的女人的那一刻，究竟会作何反应呢？

"那个穿着紫色裙子的女人，竟然带个男的回来了！"

我猜，第一个发现的人应该是路人。那个人会动作夸张地冲进附近的店铺里，喘着粗气对店主说出这件事。那个店主会告诉邻近的店主，如此传播出去。接着商店街上的客人就会顾不上购物，纷纷跑到店外去看热闹，而走在路上的人则会迅速为迎面走来的两个人让开道路。整个商店街会变得如同婚礼走道一般。然后有人会按捺不住，大喊一声"恭喜你！"紧接着藏在招牌后面的孩子们一个接一个跳出来，朝着她吹口哨。"把这个拿上吧！"鱼店老板送给他们一条全须全尾的鲷鱼，花店老板送给他们一束玫瑰花，酒铺老板则往她怀里塞了瓶一升装的日本酒。不知何时出现的电视摄像机给了两人一个大特写，记者把话筒递过去询问："请说说您现在的心情！"穿着紫色裙子的女人看到镜头的瞬间，画面一角出现了一丝缝隙，有个东西一闪而过。那是什么？

"啊！"

"是穿着黄色开衫的女人！"

两人走出面包店，又牵起了手。继续往前走了十米，还是没人发现。其后，两人或是牵手，或是挽着手臂，经过了药店门口、干货店门口、鱼店门口、肉店门口、菜店门口、花店门口、酒铺门口。路人、店主和购物客人——整个商店街的人竟都没认出刚才从眼前经过的人是穿着紫色裙子的女人。

两人没有被任何人认出来，就这样穿过了商店街，进入夜晚的住宅区。那天晚上，所长睡在了她的房间里。

第二天是当月第一个星期一。

第一个星期一是酒店经理参加早会的日子。

"浴巾十条、手巾十条、脚垫五块、茶杯和

托盘十套、高脚杯五个、香槟杯五个、茶壶三个。"

经理用我从未见过的凶恶表情高声念出了手上的记录。

"虽然不确定这些是客人拿走了还是在酒店里丢了……"

经理停下话语，逐一打量着我们的脸。

"仅仅是上个月就丢了这么多，很难想象是被错放到了什么地方，只能认为是什么人有意带走了。不仅是每个楼层的主任，从今天开始，每个清洁人员也要随身携带检查表，入室时必须填写。记住了吗？"

经理离开后，员工们纷纷议论起来。

"你听他那个语气，难道在怀疑我们吗？"

"装什么装啊，还搞双重检查。他亲自来检

查不就好了。对吧？"

"就是啊，而且为什么要拿走十个二十个杯子、盘子啊？在家用？"

"谁要那些东西啊。"

"就是因为所长低三下四，经理才会蹬鼻子上脸。"

"其实所长年纪更大吧？偶尔也应该跟他硬刚几句才对。"

"你就别指望那个所长了，他脑子里天真得很。"

"对了，你们发现没有？今天那两个人一起休息了。"

"昨天也是。"

"哇，太大胆了。"

"你们知道所长的那个拿多少时薪吗？"

"多少？"

"一千啊，一千！"

"一千？那不是比主任还高吗？！"

"那是真的吗？"

一直沉默不语的塚田主任凑了过来："所长的那个时薪有一千？"

这件事真相不明，但穿着紫色裙子的女人时薪一千的八卦一下就传出去了。结果就是，她在不觉间制造了更多的敌人。自从两个人的关系被传起来，就没有人管穿着紫色裙子的女人叫"日野妹妹"了，这次干脆所有主任和员工都对她采取了视而不见的态度。

不过，这份工作有一点比较好，就是遭到无

视也不会有什么影响。

穿着紫色裙子的女人早就完成了培训，就算一整天不跟任何人说话也能完成自己的任务。她完全没有跟别人说话的必要。于是，她依旧一脸平静地四处行走。

就算跟其他员工在走廊上擦肩而过，她也保持着平静的面孔。哪怕对方是前辈也一样。有一次我正要走进电梯，险些被从里面跳出来的穿着紫色裙子的女人撞到。其实她手上的垃圾袋确实正面撞到了我。我一时失去平衡，跌坐在地上。穿着紫色裙子的女人看都不看我一眼，默不作声地离开了。

我假装拾起地上的垃圾，强打精神走进了电梯，发现里面充斥着一股甜甜的气味。那是她身上的香水味。按照塚田主任的说法，那是"烂香蕉的气味"。她还说："一下就能认出所长的那个去过什么地方，因为太臭了！"

那可能是所长的爱好吧。除了香水，穿着紫色裙子的女人现在偶尔还会涂着指甲油上班。这当然是禁止的。浜本主任实在看不下去，便提醒了一句，穿着紫色裙子的女人只是一言不发地走开了。现在已经搞不清楚到底是谁在无视谁了。

顺带一提，所长并不只有那天住在她家。后来他也在那个出租屋过了好几次夜。有时候是约会完毕直接留宿，有时候是下班了开车过去。我看了一眼笔记本，上上周的周一过了夜，周二没过夜，周三没过夜，周四过夜了，周五、周六、周日没过夜。这周周一过夜了，周二没过夜，周三没过夜，周四我以为要过夜，结果只待了两个小时便离开了。

或许所长跟穿着紫色裙子的女人约好了，周一和周四不论是否过夜，都一定会到她家去坐坐。

每次所长去过夜，第二天穿着紫色裙子的女人身上的香水味都会格外浓烈。她一打开食堂门走进来，员工们就会皱起眉，捏着鼻子，不约而同地站起来。她则会一脸无所谓地独自坐在刚刚空出来的六人座上，端着免费的煎茶喝。

她的工作目前就是这种情况，至于私人时间，也相应地发生了变化。跟所长开始交往后，穿着紫色裙子的女人就不再去公园了。一开始孩子们每次到公园来，还会遗憾地说："今天真由子姐不在呢。"大约过了两周，他们连"真由子姐"这个名字都不再提起了。不知从何时起，他们最喜欢的游戏变成了独轮车。虽说如此，并非每个人都有独轮车，加起来也只不过两辆。孩子们会轮流骑上去玩，或是分成两队在公园里搞接力赛，想出了不少点子。接力赛进入白热化状态时，孩子们还会跑到公园外面去，但无论是汽车鸣笛，还是行人嫌弃地回避，他们都不予理睬，而是沉浸在独轮车接力的快乐中。他们的比赛路线是一直骑到小学然后返回公园，没有一个孩子发现途中路过的便利店公共电话前那个散发着浓烈香水味的人，就是他们口中的"真由子姐"。

现在，"真由子姐"的指甲已经涂成了大红色，还磨尖了。她就是用那个尖利的指甲按动了公共电话的按钮。拨号、挂断，拨号、挂断……

如此反复。拨号、挂断，拨号、挂断，拨号……稍作等待后挂断。挂断后咂一下舌。休息日，她一整天都在做这件事，无论是清晨还是深夜，从来不知厌倦，反复拨号、挂断。现在连我都记住所长家的电话号码了。

目前，穿着紫色裙子的女人正深陷烦恼之中。

她时刻都在一个人烦恼。她所烦恼的事情无法对任何人倾诉。穿着紫色裙子的女人没有倾诉对象，因为她还没有朋友。

她似乎想把自己跟所长的事情隐瞒到底。听说要是有人半开玩笑地问她，她会很生气地否定。

"她冲我吼：'我们没有交往！'"

"哈哈哈，你刚才的表情好像。"

"她觉得她那算隐瞒吗？"

"太下贱了。"

"她啊，平时做清扫不是都从里面把门反锁嘛。那也太恶心了，都不知道她在里面做什么。"

"搞不好所长藏在里面，啊哈哈。"

"嘘！"

穿着紫色裙子的女人一走进电梯，所有人不约而同地沉默了。她一走出去，大家又说了起来。

"臭死了！烂香蕉味儿！"

"你瞧见她的指甲没？血一样的颜色！"

"你们知道吗，经理好像亲自对她训话了，警告她下次违规就要被炒鱿鱼。"

"直接炒鱿鱼不就好了，你知道她拿多少时薪吗？"

"多少？"

"我跟你说，一千五啊，一千五！"

谣言越来越夸张，止不住膨胀的势头。而穿着紫色裙子的女人的八卦越多，员工们就越团结。

后来，员工们开始谈论，不能再放任"所长的那个"得意下去，要是不炒她鱿鱼，大家就一块儿到总部去投诉。然而就在那时，发生了一件事。

有人接到通报称，某小学集市上出现的商品，应该是酒店的用品。

通报者隐去了姓名。酒店工作人员马上赶到集市会场，确定那些的确是酒店丢失的物品。经统计，共有浴巾十条、手巾十条、脚垫五块……正好与上个月丢失的物品数量相符。

销售那些物品的人，是该小学的学生。

"我们是被请来看铺子的。"孩子们一致表示，有个女人说可以给他们零花钱。

"我并不是在怀疑在座的各位。"

星期一，本月第二次例会上，酒店经理带着比平时还要温和的诡异表情这样说道。

"进出客房的人不只有各位客房清洁员，还有房客、礼宾、客房服务、检修员，甚至有可能是毫无关系的外部人员。今天我站在这里，是为了对大家说上次说过的话。请仔细检查物品数量，发现不足时迅速向上司汇报。有些人发现数量不足却不汇报，明明不够却在检查表上打钩，也就是隐瞒了物品欠缺的事实。那究竟是为什么呢？辛苦大家了，请如实上报。如果现在上报，酒店不会追究，若始终没有人站出来承认，那我们将不得不把此事定性为盗窃案件，并交由警方处理。我重申一遍，现在上报不予追究。这也是总经理的意思。我的话就讲到这里，如果哪位有疑问，请拨打我的传呼机，我二十四小时待机。并且，我会严守各位的秘密。"

如果换作平时，主任们可能会这样反驳：你明明说不怀疑我们，结果根本就是在怀疑嘛！可是今天，她们却异常安静。看来，几位主任和经理看法一致，认为犯人就在我们中间。不仅是主任，所有员工都在怀疑某个人。她们完全有理由怀疑，因为发现酒店丢失物品的小学离那个人的住处很近。

"我觉得一定是日野干的。"

"嗯，嗯。"

"她家不就在那学校附近吗？肯定是她没错了。"

"所长知不知道这件事啊？"

"难道是所长在背后操纵？"

"为了啥啊？"

"那当然是为了钱啊。"

"集市上能卖几个钱？顶多当零花钱吧。"

"换言之，他很需要钱？"

"该不是为了跟老婆离婚吧？"

"啊，他们要离婚？"

"因为人家有新欢了呀。"

"他才不会离婚呢。就在不久前，所长还高

高兴兴地抓着我说，结婚十周年纪念日那天，他们一家去石垣岛旅游了。"

"是吗？那她应该是被抛弃了。"

"说不定她是为了让所长难堪。"

"原来如此啊，的确有可能。"

"嘘，来了。"

穿着紫色裙子的女人一言不发地出现在电梯厅，依旧还是满不在乎的表情。

塚田主任可能看不惯，小声咕哝了一句："小偷。"

"你说什么？"

我转向她说话的方向。那是她久违的反应。

"我什么都不知道。"

"是吗，你不知道呀？"塚田主任说，"明

明是你家附近的小学。"

"那又如何？"

穿着紫色裙子的女人盯着塚田主任说。

"你打扫客房的时候总是会锁上门吧。"

浜本主任说。

"你究竟在客房里干什么？"

"我没干什么……"

"我问你究竟在干什么？"

塚田主任说。

"喝咖啡。"

穿着紫色裙子的女人小声说。

"酒店物资里的？"

"对。"

"就这些？"

"还吃了点零食。"

"那是收费的零食吧。"

"是的。"

"听到没？她吃收费的零食。"

"卑鄙，无耻。"在场的人纷纷咕哝道。

"请等一等。这不是大家都在做的事情吗？又不是只有我一个人，塚田主任不也——"

"我怎么了？"

"这都是塚田主任教我的。你说喝咖啡的时候要把门反锁，看收费频道会让前台知道，但是收费的零食就能糊弄过去，偶尔吃一吃没问题。对吧，你是这么说的吧？我只是按照你说的做了。"

塚田主任叹了口气。

"真是的，还要怪罪到别人头上。"

"明明是你说的！还说有的主任上班喝香槟，就是你啊，橘主任！你包里那个水壶，里面装着香槟对吧？！"

"你还把那当真了？"浜本主任瞪大了眼睛，"太可笑了，那当然是玩笑话啊！"

所有人齐声大笑起来。橘主任本人也捧着肚子笑了："我再怎么喜欢喝酒，也不会干那种事啦。"

就在那时，穿着紫色裙子的女人突然把手伸向橘主任的提包，夺了过来。

"啊，你干什么？！"

她拿出那个淡蓝色的水壶，打开盖子闻了味道。

"还给人家！"

一个老员工夺回了她手上的水壶和提包，还给橘主任。

"你突然抢人家包干吗？太不讲理了。"

"里面是麦茶，不是酒。真是太遗憾啦。"

橘主任盖上水壶，轻蔑地"哼"了一声。

"既然你这么怀疑，不如把所有人的水壶都检查一遍吧。"塚田主任说，"首先是我的水壶。"

她从提包里拿出自己的水壶，塞到穿着紫色裙子的女人鼻子底下。

"还有我的。"

"还有我。"

"给，这是我的。"

"接下来是我的。"

大家一个个拿出水壶和水瓶，打开盖子拿到

穿着紫色裙子的女人面前。

穿着紫色裙子的女人被她们围了一圈，一时间无处躲闪。她只能一言不发地盯着眼前这些水壶。

可是仔细一看，我发现她竟然翕动着鼻翼。原来她真的在一个个确认里面有没有酒味。大家又一次被她的样子逗笑了。

"这人是不是有问题呀？"

现在才刚过早上九点，工作还没开始。包围她的水壶中，没有一个散发着酒味。

最后，穿着紫色裙子的女人试图凑到稍远一些的那个水壶旁边。就在那个瞬间，哄笑声突然变大了。

"笨蛋！那个人滴酒不沾！"

　　大约一秒钟的时间里，我们头一次对上了目光。

　　先移开视线的是穿着紫色裙子的女人。她重新看向盖着盖子的水壶，但没有继续凑过来。

　　"这下你知道了吧？"塚田主任说，"我们这里没有一个人心怀内疚，除了你。"

　　"你怀疑别人之前，先承认自己做过的事情如何啊？"

　　"就是，经理也说现在坦白就网开一面。"

　　"还是说，你想被我们捅上去？"

　　"你什么眼神啊？"

　　"有意见吗？"

　　穿着紫色裙子的女人顽强地瞪着周围的人，此时突然转过身，朝员工出入口跑了过去。

"啊，等等，你要去哪儿？！"

"马上要开始干活了呀！"

她再也没有回来。

那天傍晚工作结束后，我来到了穿着紫色裙子的女人住的破出租屋。

我以为她应该在家，谁知房间里并没有亮灯。我又在门口侧耳倾听了一会儿，什么声音都没有。

于是，我躲在墙根守了一段时间，三十分钟后，我打算起身到公园里看看，却发现一辆车穿过空荡荡的道路开了过来。

那辆车在出租屋门前停下，黑色车身无比熟悉。今天是周一，我在笔记本上画了个圈。

驾驶席的车门打开，所长走了出来。那个所长轮廓的人影顺着出租屋的外部楼梯缓缓走了上去。

他在二楼最里面的房间门前停下，轻轻敲起了门。大约敲了十分钟，原本一片漆黑的玻璃窗突然透出了灯光。穿着紫色裙子的女人把门开了一条缝，露出半边脸。原来她在家。

两人说了一两句话，所长抬脚要往里走，却被她严厉地制止了："你别随便进来！"

接着，他们又谈到了石垣岛。是指所长结婚十周年去石垣岛旅行的事。看来，她是听到今天主任们的八卦，才知道了旅行的事情。

"现在跟那种事不相关吧！"

所长大声说道。

"谁说不相关了！"

穿着紫色裙子的女人也提高了音量。

"我来不是为了说这个！"

所长说。

"那你来干什么？！"

穿着紫色裙子的女人说。

"跟你说失窃物品的事情。"

所长压低了声音。

"连你都怀疑我？"

"因为你……"

所长看了一眼穿着紫色裙子的女人的房间。

"你房间里不是有那些东西吗？酒杯啊，茶杯什么的……"

"那是我自己用的。"穿着紫色裙子的女人

说，"我才不会拿去卖。"

"可是你想，销售失窃物品的小学不是离这里很近吗？"

"我说了不会做那种事！"

"嘘！小声点，别太激动。"

"你为什么就是想不到有可能是别人拿去集市卖的？为什么就要认定是我？肯定是因为你已经不喜欢我了吧，对不对？所以你才跟老婆到石垣岛旅行了。"

"石垣岛那件事跟现在这件事不相关吧！"

我听到"啪"的一声。是所长扇了她一巴掌。

"好痛！"穿着紫色裙子的女人大叫起来，"好痛，好痛！""啊，对不起，是我不好。对不起啦，拜托你安静点，听我把话说完……其实有人在怀疑我。大家发现了我跟你的关系，都在背后说我们是一伙的。这太荒唐了吧，怎么可能呢？我为什么要去集市上……唉，真是受不了，这完全是落到我身上的无妄之灾。"

"无妄之灾……"

"难道不是吗？你知道我来想做什么吧？嗯？不知道？那我直说吧，我是来请你做证的。"

"做证？"

"对，你对经理说，这跟我没关系，全是你一个人干的。"

"哈啊？"穿着紫色裙子的女人的音量又提高了一截，"我可什么都没做！"

"不，你在撒谎。"

"我没撒谎！"

"你撒谎！不准撒谎！你平时就经常给附近的小学生发酒店的糖果点心，对不对？那也是酒店的物资。不对，那都是客人的东西。也就是说，你偷了客人的东西，还走私给小学生了。在集市上卖杯子、毛巾的也是小学生。你知道吗，那些小学生说是一个女人要他们卖的。你当然知道，对吧？"

"不知道！我不知道！"

"你利用身为工作人员的职业便利，把东西偷出来变卖了。"

"烦死了！烦死了！什么工作人员的职业便利！少给我装什么上司。什么嘛，我也知道你的底细。你不是每天都到暂停预订的客房里睡午觉吗？每次都把门反锁，睡醒了就喝客房里的咖啡，还把脏杯子扔在那里不管。"

"那算什么啊，那种事随便什么人都会干。"

"还有呢。上次五十岚雷娜来住店，你是不是偷了她的内裤？"

"呃……"

"果然是你！我见你在五十岚雷娜的客房门口弓着背鬼鬼祟祟，就知道没好事情。你当时打开了挂在门把上的洗衣袋，在里面翻东西对吧。后来还抽出一条红色的、轻飘飘的东西，塞进自己裤兜里了！那不就是内裤吗！讨厌！简直令人难以置信！坏人！变态！变态！"

"你……你住嘴！"

"变态！变态！臭变态！"

"我叫你住嘴！"

"好痛！放开我！我要把一切都捅出去！告诉你老婆，告诉公司，还有酒店经理！"

"住嘴！"

所长狠狠地抓住了穿着紫色裙子的女人的肩膀。

"住嘴！住嘴！你敢这么干，看我不收拾你！"

所长用力摇晃着她，我甚至能听见她脖子咔咔作响。可是穿着紫色裙子的女人没有认输。她抓住机会甩掉所长的手，猫低身子连连击打所长的腹部。所长闷哼一声，踉跄了几步，穿着紫色裙子的女人趁势一脚踹向他的两腿之间，还朝他脸上来了一巴掌。所长双手扶住门外走廊的扶手试图稳住身子，可是扶手早已锈烂，无法支撑所长的体重。一阵吱吱嘎嘎的声音过后，扶手从根部折断，所长头朝下栽了下来。

可能是因为摔到了要害，所长躺在地上，一动不动了。

穿着紫色裙子的女人颤抖着跑下了楼梯。

"智……智弘君……"

她跪在所长的身体旁边，伸出双手。

"智弘君……智弘君……"

她呼唤着所长的名字，摇晃他的肩膀和背部。

"智弘君……智弘君……智弘君……智弘君，你快醒过来呀，智弘君！智弘君！智弘君！智弘君！智弘君啊！"

"嘘，安静。"我说。

穿着紫色裙子的女人看向这边。她面色苍白，满是涕泪。

"让我看看好吗？"我在所长和她中间蹲了下来。

我先抓起所长的右手，然后抓起左手。随后竖起两根手指轻触所长下颌底部，又把耳朵凑到所长嘴边。穿着紫色裙子的女人一言不发地看着我。我沉默片刻，抬起头说：

"很遗憾，他死了。"

穿着紫色裙子的女人咕哝了一声，因为声音太小，我没听见。她好像在说：不会吧……

"骗人……不会吧……"

"应该是摔到了要害，心跳已经没有了。"

"不要……我不要，不要，骗人，你在骗人对不对？骗人，不会的。"

我摇摇头："很遗憾。"

"不要，不要！智弘君，求求你，快醒过来！智弘君！"

穿着紫色裙子的女人又开始摇晃所长的身体。我抓住她的手说："你这样所长也不会活过来！振作点，面对现实吧，所长已经死了。你现在必须做的不是让所长死而复生，而是马上从这里逃走。"

"逃走？"

"对。"我点点头，"别磨蹭了，警察很快就会赶过来。"

"警察？"

"刚才附近有人听见你大喊，就报警了。你得趁警察还没来，赶紧离开这里。"

"那……那个……"

"好了，快点！"

"可……可是……"

"别可是了！仔细听我说。你现在要朝巴士站跑。八点零二分有一趟开往小森车库的巴士，你坐上去。现在只有四分钟，不过你这个田径队员只要使出全力应该能赶上。预计巴士会在八点三十四分到达电车站。你下车后要换乘电车。车站西出口的寄物柜里放着一个黑色手提包，你别忘了带上。包里有零钱包和浴巾，还有两三天的换洗衣服。零钱包内侧袋有一张折成小块的五千日元，你用来买车票。寄物柜里还有运动包、大背包和超市塑料袋之类的东西，等会儿我去处理，你都别动。"

"啊？那个……"

　　"我也想跟你一起上车，可是我现在怎么都不可能赶上八点零二分的巴士。你不用担心，我会坐八点二十二分的巴士过去，电车也可能比你晚个一两趟。没关系，我很快就能追上去。这种时候单独行动更不容易引起别人注意。啊，要是你肚子饿了，就用零钱包里的钱买车站便当吃吧。然后……对了对了，我还没说在哪站下吧。因为那趟车是特急，途中只停三站。你要在第三个站，也就是三德寺车站下车。三和三很好记吧。走出检票口后，很快就能看见一家叫高木的商务酒店。虽说是商务酒店，其实里面很简陋，厕所和浴室都要共用。今晚你就睡那里好吗？入住之后你可以先休息。啊，不好，我忘了给你这个。拿着，寄物柜的钥匙。拿了东西记得把门关好哦。

这个钥匙嘛……对了，你就藏在公共电话那里如
何？寄物柜旁边就有一台绿色的公共电话，你把
钥匙夹在底下的电话簿里就好。"

"不是，那个……"

"你在陌生的地方肯定会感到不安，但是今
晚一定要好好睡觉，让身体得到休息。明天一早
马上开始找工作。我们俩一块儿找那种包住的地
方。你不用露出那种表情，就算一下子找不到工
作，我的运动包里也装了各种生活必需品，像什
么粮食、衣服、钱，虽然不多，但是都有。总之，
暂时用不着担心我俩的生活。"

"不是，呃，我不是说那个。为什么……"

"啊？"

"为什么权藤主任你要这样帮我……"

　　穿着紫色裙子的女人不知何时停止了哭泣，两只溜圆的小眼睛定定地看着我。

　　我摇摇头说，我不是权藤主任。

　　"我是穿着黄色开衫的女人。"

　　你就是穿着黄色开衫的女人？

　　我仿佛听见穿着紫色裙子的女人这样说。

　　实际上，她只是一言不发地盯着我。

　　我伸出手，轻轻捏了一下穿着紫色裙子的女人的鼻子。

　　"好了，快走吧。别担心，我马上赶过去。"

　　"可是……"

　　"快走吧，巴士还剩三分钟了！"

　　穿着紫色裙子的女人看了一眼我指着的手表，总算站了起来。她可能还惦记着躺在地上的所长，目光一直朝着地面，但是被我一声"还有两分钟！"惊得抬起头来。她拔腿就跑，不知为何又绕了回来。

"喂，你干什么，还不快走。"

"钱。"

"啊？"

"我去拿钱。身上没钱坐不了巴士。"

"用这个就好啦！"

"这是？"

"看了还不知道吗，月票！好了快点，还有一分钟！"

穿着紫色裙子的女人掉头就跑。

不一会儿，我听见警笛声，离开了现场。

接下来又是一番辛苦。

因为我把月票给了她，不得不到自己住处去搜刮一些财物。

等我气喘吁吁地来到门前，发现上面挂着一把大锁。实在没办法，我只好用附近的花盆打碎玻璃爬了进去。

好在，房间状态跟我离开时一样。被褥和电视机摆在窗边，空荡荡的房间中央散落着几个塑料袋。电好像被掐了，灯绳被我拽得噼啪作响，却没有亮光。上周四，我收到法院发来的清退通知，第二天就跑到车站门口的漫画咖啡吧去避难了。当时，我把贵重物品、衣物、洗漱用品，甚至食材和锅这些生活必需品都打包起来存放到了车站的寄物柜里。寄物柜的使用期限是三天，今天早上我把东西都拿出来，又放到别的寄物柜里了。

虽然东西很多，但我并没有把所有东西都搬出来。那些装不进寄物柜的东西我都没动，派不上用场的也留了下来。

这里应该有东西能置换现金，应该有的……我在黑暗中摸索了好几个小时，总算在橱柜顶部翻出了写着"回忆"的饼干罐，然而那时已经错过了最后一趟巴士。

既然如此，不如走到电车站更快。我这样想着，打开饼干罐翻找起来。里面有个椰子树形状的钥匙扣，还有动画电影的宣传卡片，以及过去在世博会上买的纪念硬币。

第二天，我紧握着纪念硬币，乘上了第一趟巴士。

给钱的时候，我反复投了好几次，纪念硬币都被吐出来。后来我一着急，把硬币给掉了，引来司机狐疑的目光。他一言不发地伸出手，似乎要我把硬币交过去。

司机细细打量着那枚刻有"TSUKUBA EXPO 85"的五百日元硬币，咕哝了一句："挺少见啊。"随后拿出貌似私人物品的提包，从自己钱包里拿出五枚一百日元硬币，跟我交换了纪念硬币。我还以为他会生气地说"这种钱不能用"，见状顿时松了一口气。支付完二百日元车费后，我还剩下三百日元。

到达车站后，我先走向了公共电话。电话架上摆着三本电话簿，我正要伸手从最上面开始找，发现没有那个必要。因为我瞥了一眼右侧，发现装着行李的寄物柜门上插着钥匙。

我打开门，里面空无一物。看来穿着紫色裙子的女人成功拿到了东西。

然而让我头痛的是，她不仅拿走了我说的黑色手提包，连我叫她留在里面的运动包和大背包也全都拿走了。

难道我语速太快，她没听明白？她应该是背着大包小包，急急忙忙跳上了特急电车。

我站在售票机旁，专门找看起来面善的女人，走上去说："请给我一百日元。"连找了三个人，竟然都二话不说地把钱给了我。

第四个人我选错了。那个乍一看好像很好心的女人当场翻脸，威胁我要把工作人员叫来。我慌忙逃开了。其实我想集齐特急列车的四千二百日元车票钱，现在没办法了，只能靠手头的资源想想办法。过了一会儿，我在售票机上买了起步价的车票，坐上早晨七点二十分发车的缓行列车。

到三德寺车站花了约莫六个小时，因为中间有人突发疾病，还碰上了信号机故障。途中五次换乘，一次都没遇上查票，这点算是幸运。下午一点二十五分，我终于来到了三德寺的无人值守车站。我把车票放进检票口的木盒里，前往约定好的"高木酒店"。

高木酒店的前台应该在午睡。

我按了五十多下门铃，他才打着哈欠从屏风后面转出来。听了我的询问，他说："这里没有你说的人入住。"

"那不可能。"我说，"她应该在昨天夜里

十一点前就入住了。"

假设穿着紫色裙子的女人赶上了昨晚八点零二分的巴士，又顺利坐上了特急列车，那她应该夜里十点五十分就到达了三德寺站。如果酒店没有住满，那她肯定住下来了。

前台一脸不耐烦地翻开了封面写有"住宿者名单"的笔记本。

"昨天夜里到我们这儿来的男性客人有一、二、三……五个，女性客人一个都没有。"

"一个都没有？"

"对。"

"真的吗？"

"对。"

"那她现在在哪里？"

"不知道。"

我慌了神。莫非她下错站了？还是相信我会追上去，在车站大厅或者什么地方等了好久，没等到我就生气地躲起来了？

我把车站周边和镇上都找了一遍，虽然没敢去问警察，还是问了许多商店的人和行人。

"你在这附近见过一个女人吗？三十岁上下，长头发。"

有人问她穿什么衣服，我险些说出"紫色裙子"，但是咽了回去。

我无论如何都想不起来她昨晚穿了什么颜色的衣服。

穿着紫色裙子的女人到底去哪儿了？

我还是没找到她。

前不久来了个新人。这次的新人好像有工作经验，应该能很快适应，不过老员工们马上在背后抱怨道："打招呼太小声了。"如果按照平时的惯例，新人可能会受尽欺负，不到一个月就离职。要是有人带她做发声练习就好了，只可惜以前待过话剧部的所长还在住院。

上回大家一起去看望了所长。考虑到一大帮人过去反而会添麻烦，我们事先抽签决定了人选。包括我在内，有四个人抽中了签，不知为何没抽中的塚田主任她们也跟了过来。

所长住院的地方离工作地点只有十分钟脚程，是一所专做康复治疗的医院。

打开病房门，里面四张床有两张空着，一张

床上躺着瘦巴巴的老头儿，正在看安装在天花板上的小型电视机。

过了一会儿，所长和夫人一起进来了。

"所长，你能走路了吗？"

塚田主任跑过去，意图拥抱所长。

"哇，哇，危险。"

夫人及时撑住了所长失去平衡的身体。

"太好了，我们都担心死了！"

塚田主任抓住所长的手上下摇晃起来。

"痛，好痛，好痛。你们几个怎么了，突然跑过来？"

"什么怎么了，当然是来看你的呀！"

塚田主任挺着胸脯说。

"谢谢你们专程赶过来。"

夫人低头道谢。

"提前打个电话多好啊。"所长说。

"打是打了，没人接。"塚田主任说完，转向夫人的方向。

"见到所长比我们想象的更精神，真是太让人放心了。"

"是啊，托几位的福。"夫人微笑道。

都说所长怕老婆，难道是假的吗？这位夫人没怎么化妆，感觉很低调，而且走进病房以后一直搀扶着所长。

"看所长脸色这么好，恐怕明天就能上班了吧。"

浜本主任说。

"瞎说什么呢。"

所长把拐杖递给夫人，苦笑着坐到床上。

"什么时候能出院啊？"橘主任问。

"下下周的周三。"所长说。

"那太好了！"

"不，拐杖还要拄一段时间，还要上医院复查，也不知道什么时候能去上班……"

"干点文书工作应该没问题吧，谁也不会让脚上缠着绷带的人干重活。"

塚田主任说。

"嗯，话虽如此……"

"大家都说很想念所长呢。所长你一不在，经理就每天来开会，搞得一大早就气氛沉重。你们说，对不对？"

塚田主任一问，员工们都笑着点了点头。

"那个……经理说什么了？"

所长说。

"什么说什么？"

"就是那个……"

"那个女的？"

所长点点头。

"他只说这件事交给警察处理了。"

"哦。交给警察啊……"

所长皱起了眉。

"他第一次开会就说了，今后一切事务交给警察处理，我们只要坚信所长会尽快回到岗位上，并且耐心等待。"

"是吗？"

"不过所长这么快就能出院，真是太好了。"

橘主任说，"我们听说你从出租屋二楼摔下来进医院时，还以为你会死呢。"

"橘主任，你这话太不吉利了。"

浜本主任敲了橘主任一下。

"啊哈哈，开玩笑啦。"

"唉，我也以为自己要死了。"所长说，"醒过来已经躺在病房里，周围都是白色，害我一时以为自己上了天堂。"

"只有脑震荡和骨折，真是太幸运了。"

"让大家担心，也给大家添麻烦了。"

夫人再次低下头。

"哪有添麻烦啦！"塚田主任连连摆手，"所长不是受害者嘛！"

"就是呀！所长不是一直被那个女的跟踪闹

事吗？"

"我们都不清楚情况，就是经常看见所长和她两个人在一起，觉得两人关系真好啊，说不定在交往什么的。啊，对不起，这话不能在夫人面前说吧。"

"没关系。"夫人摇摇头，"毕竟也怪他语气不够强硬。"

"我怎么强硬得起来啊。她可是威胁说不约会就搞你女儿呀。"

"好过分……那女人太坏了。"

塚田主任说。

"没出什么事吧？"浜本主任一脸惊恐地问夫人，"没遇上什么危险吧……"

"是的。虽然每天都有无声电话，不过现在

回想起来，只到这种程度也算幸运了。且不说我，要是女儿遇到什么事，我就……"

"嗯，是啊。现在我捡了一条命，所以可以这么说，还好被推下楼的不是你和爱丽莎。我真心觉得，还好是我。"

"你别这么说。"

"就是啊，怎么会有被推下楼真好的事情呢。一切都要怪那个女的，不仅是跟踪狂，还偷东西。"

"唉，其实我也在反省。当时我就不该一个人到她的住处去。"

"所长真是个好人，觉得她还有救，就去劝说她了。"

"嗯，我对她说，要是你没有勇气，我就陪

你一起去找经理低头认错。"

"结果呢？"

"她突然发怒了。"

"就把你从二楼……"

"……简直不是人。"

病房里安静下来。老爷爷好像看着电视睡着了，只听见那边传来耳机漏出的声音和有规律的呼噜声。

最后是夫人打破了沉默。

"不好！我这人真是，都忘了给各位准备椅子。我这就去护士站借。"

"啊，不用了，我们马上回去。"塚田主任说。

"这是探病的花。"浜本主任拿出了路上买的卡特兰花束。

"这是布丁。"橘主任拿出一个纸袋。

"真不好意思，承蒙大家费心了。如果不着急，还是请多坐一会儿吧。我现在就去泡茶。"

"真的不用了，我们这就走。"

"我先生只跟我说话肯定也没意思。"

"就是啊，大家多坐一会儿。"所长说。

"那我来帮忙去护士站借椅子吧。"

"我也去。"

"我也去。"

"我去泡茶。"

"我能用这只花瓶吗？"

"谢谢你们。啊，开水间在这边。"

塚田主任一行跟着夫人走出去，留下一串室内拖鞋的声音。

病房里再次陷入安静。拉门无声关闭，所长长出了一口气。

"所长。"

我叫了他一声。

"哇，吓我一跳。权藤你什么时候来的？"

"我一直都在。"

"哦，那真是抱歉了。吓死我了。请坐吧。"

所长让我坐在墙边唯一的折叠椅上。我自己打开椅子，坐了下来。

"对了，所长。"

"干什么？怎么了？你表情咋这么可怕？"

所长缩了缩脖子。

"所长，请听我说几句话。"

所长咽了口唾沫："你要说什么？"

"我对所长有个不情之请。"

"到底要干什么啊？"

我向所长低下了头。

"求求你了！"

"喂，你……你怎么了？"

"请给我加时薪！"

"啊？"

所长说。

"求求你了！还有请让我预支工资！求求你了！所长！"

"不是不是，你等一下。怎么突然说这个啊？太让人为难了。这话不该在这种地方说吧。"

"求求你了！所长！"

"我叫你等等啊！先把头抬起来。不好意

思，钱的事情我一个人决定不了，必须跟总公司申请。而且要是给权藤你涨了时薪，其他主任也要给涨。"

"只要所长想想办法就好了。所长，你一定行吧！"

"怎么可能啊！别想得这么简单。涨工资要先审查，如果不是平时工作特别出色，连接受审查的资格都没有。就算我给你安排上了审查，你觉得自己能通过吗？迟到、早退、旷工，你啊，没被炒鱿鱼就很不错了。工作的时候也突然失踪，你知道其他员工对你有多少怨言吗？没的加薪，不可能。"

"那请你借钱给我。"

"哈啊？"

"求求你了，我现在真的一文不名。"

"我为什么要借钱给你？"

"因为你是我上司啊。"

"两者有关系吗？"

"我现在连月票都没有。"

"谁管你啊。"

"我每天走路上班，而且住在漫画咖啡厅。"

"哈？你家呢？"

"交不起房租被赶出来了。"

"这……"

"求求你了，所长。"

"不行不行，两者没关系！我知道你很惨，但我帮不了你。"

"求你帮帮我吧，所长。"

"不行就是不行！真是的，你这人平时闷声不吭，好不容易开口吧，就是找我借钱。你不觉得羞耻吗？老大不小的人了，能不能讲点礼貌？啊，你找家人亲戚借过没？权藤你老家在哪儿来着？"

"所长。"

"跟你说了不行。"

"你偷五十岚雷娜内裤的事情我保证不告诉别人。"

"呃……"

"我答应你，绝对不告诉别人。"

"……"

片刻沉默过后，所长低声咕哝："……我考虑考虑。"

"谢谢你！太谢谢你了！"

此时此刻，前去泡茶的两个人在开水间聊起了别的话题。"真的吗？恭喜你！"塚田主任的叫声一直传到了病房里，让我很是疑惑。结果一问，原来所长明年就要成为一对双胞胎的父亲了。夫人肚子里刚刚有了新的小生命。

今天早晨的时间很充裕。

我晾了衣服，打扫了房间，边看电视边吃早饭，又躺了一会儿，然后起身去商店街购物。

我在商店街逛了药妆店、酒铺和面包店，随后走向公园，在南侧三张长椅中最靠里的长椅上坐了下来。

那是穿着紫色裙子的女人的专座。

如果不小心看守，会有人随便坐上去。

所以，我决定自己坐上去。虽然告示牌上写着请大家互相谦让共用长椅，但目前并没有人提出意见。如果将来有一天，有人拍拍我的肩膀说："这是我的座位。"如果那个人真的是这张长椅真正的主人，那我一定会高兴地让出来。

我把购物袋放在一旁，取出奶油面包。面包还带着一点温度。我把面包撕成两半，一半放在腿上，另一半往嘴里送。就在这时——"砰"！有人拍了我的肩膀。

那个在绝妙时机拍我肩膀的孩子，哈哈大笑着逃走了。

文治
© wénzhì books

更好的阅读

出品人　沈浩波

特约监制　潘　良　于　北

产品经理　烨　伊　韩　帅

特约编辑　叶　青

版权支持　冷　婷　郎彤童

装帧设计　沉清Evechan

营销编辑　金　颖

关注我们

官方微博：@文治图书

官方豆瓣：文治图书

联系我们：wenzhibooks@xiron.net.cn

图书在版编目（CIP）数据

无人知晓的真由子 / （日）今村夏子著；吕灵芝译 . 一成都：四川文艺出版社，2021.4（2021.4 重印）
ISBN 978-7-5411-5874-2

Ⅰ.①无… Ⅱ.①今… ②吕… Ⅲ.①长篇小说—日本—现代 Ⅳ.① I313.45

中国版本图书馆 CIP 数据核字（2020）第 272177 号

版权登记号：21-2021-20

WURENZHIXIAO DE ZHENYOUZI

无人知晓的真由子

〔日〕今村夏子 著 吕灵芝 译

出 品 人 张庆宁
策划出品 磨铁图书
责任编辑 陈雪媛
特约监制 潘 良 于 北
产品经理 烨 伊 韩 帅
装帧设计 沉清 Evechan
责任校对 汪 平

出版发行 四川文艺出版社（成都市槐树街 2 号）
网 址 www.scwys.com
电 话 028-86259287（发行部） 028-86259303（编辑部）
传 真 028-86259306

邮购地址 成都市槐树街 2 号四川文艺出版社邮购部 610031
印 刷 天津旭丰源印刷有限公司
成品尺寸 125mm×185mm 开 本 32 开
印 张 6.25 字 数 60 千
版 次 2021 年 4 月第一版 印 次 2021 年 4 月第二次印刷
书 号 ISBN 978-7-5411-5874-2
定 价 48.00 元